博士への道

葉月朔日
HAZUKI Tsuitachi

文芸社

目次

血尿

　ある初夏の夕方、授業が終わってトイレで用を足していたら、ふと尿が血の色に染まっていることに気づいた。放尿中、迸り出る自分の尿を凝視しながら、ふつうの色に変わることを必死で願ったが、最後までずっとトマトジュースのように赤かった。尿が真っ赤であることが何を意味するのか、またこの場合どの診療科に行けばいいのか、わからない。はじめて経験する事態に私は動揺した。

　取り急ぎ、動脈硬化の治療のためにしばらく前から通っているY大学病院の循環器内科に電話して、どの診療科に行くべきか尋ねたが、電話に出た女性看護師の応対が素っ気なく、また要領を得なかった。そこで次に、医科も併設している、かかりつけ

の歯科医院へ電話してみた。そこでの看護師の応対は温かかった。彼女は、歯科担当であるにも拘わらず、

「泌尿器科がいいと思います」

といつものように優しく、かつきっぱりと言った。

家に帰って用を足したら、ふつうの尿の色だった。少し安心した。妻と娘に血尿が出たことを話したが、二人とも深刻に受け止めなかった。それは、私が身体の小さな変化も気に病む神経質な性格だったからだろう。娘はこう言った。

「私の友達も、仕事が忙しい時期、毎日血尿が出たらしいよ」

翌日、授業も会議もなかったので、朝早く、比較的近い総合病院であるB病院に行った。そこを選んだのは、以前、人間ドックを受診したことがあったからだ。その時も、今も、古くて汚い病院だと思ったが、それにも拘わらず、またそこへ行ったのは、家から近いからだ。もし重大な病気だったら、Y大学病院で診てもらおうと思っていたからでもある。

泌尿器科の神保医師は、尿検査、エコー検査、膀胱鏡検査が終わった段階で、膀胱

がんの疑いが濃厚と判断しているようだった。私に、手術をこの病院でやる意志があるのかどうか聞いた。検査を重ねているうちに面倒になった私は、ここで手術することに同意した。大学病院に移ったら、一から検査をし直すことになり、かつ手術を実施するまでに時間がかかるだろうと思ったからである。ここで手術をすることになったので、神保医師はさらにCT検査を追加し、その結果、病変は膀胱に限られていると判断した。次に神保医師と相談して、入院日と手術日を決めた。入院は十日後、手術はその翌日である。そしてがんが筋層浸潤性か、非浸潤性かを診断するために、後日、MRI検査を行うことになった。

膀胱がんというのは思ってもみないがんだった。昨年の七月三十一日に、長年吸っていたタバコをやめた。タバコを吸っている間、いずれがんになるかもしれないという微かな不安はあったが、その場合、肺がんや喉頭がんなどといった煙が達する範囲に起こるがんか、あるいは胃がんや大腸がんなどといった煙の影響が間接的に及ぶと思われ、かつ日本人に多いがんを漠然と想定していた。それにも拘わらず膀胱がんに、しかもタバコをやめていたにも拘わらず罹患したのは意外だった。

入院した日、その数日前に行われたＭＲＩ検査の結果を妻と一緒に神保医師から聞いた。画像診断医は浸潤が筋層に及んでいるという診断だったそうだ。だとしたら事は重大だった。膀胱を全部取ってしまわなくてはならないからだ。だが神保医師は、

「ぼくはそうは思わない」

と、呟くように言った。このことばは私に希望を抱かせた。ＭＲＩ検査を受ける際に、検査場所があった地下で見たその画像診断医の横顔を思い出した。無責任な横顔だった。

翌日手術だった。その日、朝六時頃、神保医師が病室に現れた。彼は、

「おはようございます」

と言って、ベッドの上の私に声をかけるが、

「おはようございます」

と言いながら私が顔を向けると、もう背中を向けていた。彼は、私が入院している間、毎朝現れ、

「おはようございます」

とだけ言って、去った。一日も欠かさなかった。この医師はいつ休んでいるのだろうか、と疑問に思って看護師に聞いたことがある。だが彼女は、

「わかりません」

と言った。

手術は午前十時からだった。九時過ぎ、はじめて見る女性看護師が病室に現れた。彼女は着替えを手伝ってくれた。着ているものを全部脱いで、T字帯という褌《ふんどし》のようなものを着ける。足から心臓への血流を円滑にするための弾性ストッキングを穿く。丈の短い浴衣のようなものを着る。そして点滴用の注射針を左腕に刺した。刺した時、とても痛かった。車いすに乗せられている時も、廊下を移動している間も痛かった。背後の看護師にそう言うと、看護師はこう言った。

「大丈夫です。そういうものです」

私は、看護師がそう言うのだから、痛いものなのだろうなと思った。エレベーターで階下に降りた。エレベーターの扉が開くと、そこは手術室の前の小さな空間だった。そこに置いてあるソファーに妻と娘が座っていた。二人にさほど心配している様

子はなかったが、私は、実は入院してからずっと、こんな汚い病院で手術をしていいのだろうかと不安だった。

ここまで連れて来てくれた看護師は、壁についていた電話の受話器を取って到着した旨を伝えると、

「後は、手術担当の看護師がご案内します」

と言って、エレベーターに乗って上がって行った。

前の扉が開いた。女性看護師が二人立っていた。彼女たちの背後に、無数の照明によって眩く光る大きい空間が広がっている。奥に向かって真っ直ぐに広い通路が走り、両脇に金属製の重厚な扉のついた部屋がいくつも並んでいた。それらが手術室だろうと推測した。この病院にはこんなに大きく、綺麗で、厳粛な空間が隠れていたのかと驚いた。看護師たちが外に出て来た。自分たちが手術の担当である旨を伝え、一人が私の名前や生年月日などを確認し、もう一人が車いすの背後に回った。二人とも言動がきびきびしていて、かつプロフェッショナルとしての余裕が感じられた。私は、彼女たちにさっきの看護師に対するものとは違った印象を持った。この時、はじめて

安心して手術を受けられると思った。妻と娘に見送られて車いすは奥に入って行った。

手術台に横たわると、まず麻酔科医が麻酔薬を注入するために点滴の管を先ほど左腕に刺した注射針につないだ。その管を通して液体が身体に注入され始めると、先ほどから感じていた左腕の痛みが増したような気がした。

「膨らんでいるぞ」

と誰かが叫んだ。自分の左腕を見ると、注射針が刺さった部分がぷっくり膨らんでいた。

「漏れている。外せ」

その声を聞いて、さっき自分が感じた痛みは注射針が不適切なところに刺さっていたために生じたものであることを知った。駄目な看護師だったなと思った。

麻酔から覚めた瞬間に、下半身に経験したことのない違和感と苦痛があった。私の場合、初期のステージのがんだったので、尿道から入れた内視鏡によって膀胱内の腫瘍を切除するという経尿道的膀胱腫瘍切除術を行った。結局、筋層への浸潤はなかったようだった。神保医師の言う通りだった。しかし、手術後も膀胱内の大量の出血や尿を排出するために尿道に管を挿入しておく必要があった。私が感じた違和感と苦痛は、そのために起こったものだ。

一日つけておけば外すだろうと予測していたが、そうではなかった。神保医師は、かなり広範に腫瘍を切除したので出血がひどく、三、四日つけておかなければならないと言った。絶望的な気持ちになった。こんなものをつけたままで三日も四日も生活しなくてはならないのか、と。尿道から外に伸びた管は透明なビニール製の大きい袋につながっていて、そこに大量の血と尿が溜まる。その袋を点滴台のようなキャスター付きの台に引っ掛けて移動する。尿道の管の違和感がひどいと神保医師に訴えたら、痛み止めを出してくれた。しかし、案の定そんなものは何の効果もなかった。単純な痛みではなく、違和感が発展して痛みに変化したものだからだ。この痛みに耐えるために、常に身体に力が入っていた。病棟の看護師は、ベッドに横になった私の身体に触れた際、

「力が入っているわね」

と言った。触っただけでわかるのかと感心した。

未曾有の違和感的苦痛の只中においても、入院前に行ってきたこと、あるいは日常的な行動は継続される。大学教員である私の場合、それは第一に研究である。先月、私の書いた論文が専門外の哲学の雑誌に掲載された。

私は障害児心理学を専門とする。追究してきた研究テーマは、身体の動き（運動）と知的な活動（思考）とのつながり（連関）であり、それが私のライフワークである。私の考えでは、その連関を媒介するものが想像上の運動――運動イメージとも言う――である。想像上の運動に関する論文を書いている時に、それに関する面白い論文が『哲学』という雑誌に掲載されていたので、その雑誌を発行している学会に入り、論文を投稿しようと考えた。その学会名は三田哲学会だった。そこに入ろうとした（入れるかどうかはわからなかった）が、間違って、同じく『哲学』という雑誌を発行している日本哲学会に入ってしまった。三田哲学会の『哲学』は、哲学だけでなく、心理学や体育学などの様々な分野を広く対象としている（ように思われる）が、日本哲学会の『哲学』は、厳格に哲学のみを対象とする。少しして間違いに気づいたが、すでに学会費も払っていたので、間違いついでに論文を投稿した。しばらくして審査結果が到着した。査読の文章を数行読んだところで、不採択だったのだなと判断した。厳しいことが書いてあったからだ。そこでもう査読の文章はそれ以上読まなかった。然《さ》もありなんと思った。哲学の論文など、書いたことも読んだこともなく、そもそも哲学論文のつもりで書いたのではなかったからだ。しばらく査読も論文もほったらかしにしていたが、その後、別の雑誌に投稿しようと思い、査読の文章の続きを読んでみて驚いた。指摘が非常に鋭かったからだ。私が気づかずにいた論述上の問題も正しく指摘していた。私のその論文には心理学や人工知能の研究者しか登場せず、哲学者は一人も登場しない。すなわちその論文の議論はすぐれて心理学者のものであるのに、なぜ門外漢の哲学者がわかるのか、哲学恐るべしと思った。そして査読の文章の最後に、この論文は魅力的な話題をいくつも扱っているので、是非もう一度書き直して投稿して欲しいと書いてあった。そこで指摘を踏まえて修正した結果、採択された。その時、哲学を一から勉強してみようと思った。概念や論理を徹底的に議論する学問である哲学が、自分にとっての新しい地平を切り開くように思えたからである。

ほどなくある哲学者からメールが来た。その人は、私が勤めているT大学に最近H大学から移ってきた春日先生だった。彼の所属する文学部のあるMキャンパス（T大学Mキャンパス）と私の所属する学部のあるYキャンパス（T大学Yキャンパス）が離れており、かつ春日先生が赴任したばかりだということもあって、同じ大学でも面識はなかった。春日先生は私の論文を読んで面白いと思い、また私が同じ大学だと知り、連絡してきたそうだ。私は彼の下で哲学の勉強をすることになった。そしていずれ哲学の分野で博士号をとりたいとも思った。こうして学問の新たな一歩を踏み出したところでがんになった。

私は、体育大学の出身である。駅伝部に所属していた。だが箱根に出たことはない。同大駅伝部の底辺にいたランナーだった。卒業後、二年間知的障害者の支援施設に勤めた後、H大の教育学部の研究生になって一年間心理学の勉強をした。体育から心理学へ進んだのは、身体の動きと心の動きとが深く関わっているのではないかという疑問を抱いていたからだと思う。

この間、英語とフランス語と心理学の勉強を自分なりに行った。大学院を受験しようと思っていたからである。H大大学院の受験科目は英語と、英語以外の外国語一科目、そして専門の計三科目である。英語以外の外国語は、さしたる理由もなくフランス語を選んだ。フランス語はそれまで学んだことがなかったので、神田のフランス語学校の速習科に通った。しかし三か月ほど（いや、一か月ほどだったかもしれない）でやめた。会話中心の授業だったからである。大学院の語学の試験は、Ｂ４版（だったと思う）の用紙に書かれた外国語の文章をそっくり日本語に訳すというものであった。発音が出鱈目でも、会話ができなくても、訳せればそれでよい。

同時期に、近所に住むベルギーのフランス語圏で育った女性の自宅で彼女に個人レッスンを受けた。この女性の夫がパチンコで生計を立てている茨城出身の日本人だった。フランスで生活した経験がある彼によれば、フランス語は茨城弁に似ている。たとえば、フランス語の《œ》という合字の発音は、オとウの中間、またはアとウの中間の音である。この音が茨城弁にあると言う。この話を聞いてから、東北出身の妻が実家に帰って両親や兄弟と話す時のことばの響きがフランス語に似ているように感じられた。たぶん茨城弁よりもディープなフランス語の発音である。しかし、この個人レッスンもフランス語学校と共にやめた。仏文解釈にあまり役に立たなかったからである。

その後、フランス語は本で勉強した。どの本を使えばいいかは、伝《つて》を辿って紹介してもらったH大大学院で仏文学を専攻している大学院生に教えてもらった。そしてとても役に立ったのは、同じ大学院を受ける人たち数人で行ったフランス語論文の読書会である。H大のそばの喫茶店で、一人五行くらいずつ訳し合う。その日やると想定されるフランス語の文章（一ページから一ページ半くらい）はすべて、それぞれがあらかじめ辞書や文法書で調べておく。時に、論文の文章から連想される内容が議論されることもある。その際気づいた意外なことは、みんな難しいフランス語の学術用語は知っていても、簡単な単語、たとえば曜日だとか、月の名称だとか、大きい数の数え方だとかについては知識が不確かであったことだ。

この読書会に出ることによって確認できたことは、私が本だけの勉強で辞書を使えばフランス語を一応訳せるという地点まで到達できていた、ということだ。これは私にとって大きいことだった。

私は読書会の前夜、辞書や参考書を駆使して必死で仏文を訳していくが、いつもまったく訳さずに出席する男がいた。彼はわからない単語があると、

「これ、何?」

と周りに聞く。すると周りが教える。そういうことを何回か繰り返して、結局、訳してしまう。しかも、いかにも外国語を訳したという感じの日本語ではなく、こなれた日本語に変える。

彼は、スポーツにしか関心がなく、中学時代にバレーボールの全国大会に出場して好成績を残すなどした。筋トレにも熱心で、格闘家のような体格と風貌を持っていた。ある時、何かの事でH大の近くで警官につかまった。大学生だと言うと、どこの大学かと聞かれたので、そこですとH大の校舎を指さしたが、信じてもらえなかったそうである。一方、勉強は嫌いだった。しかしそれにも拘わらず兵庫の有名な私立進

学校を経て、H大に現役で合格した。後にH大の大学院を受験する際にも、まったく勉強をせずに合格した。問題に出されたフランス語の文章を見た時、駄目だと思ったそうだ。そこでどうしたか。問題文の中で自分の知っている単語や熟語にまるをつけ、まるをつけたフランス語だけに焦点を当て、他のフランス語は無視する。そうしてまるを結びつけて日本語の文章をつくった結果、合格した。私は、彼のこの大胆さと機転が羨ましかった。

本で勉強したのはフランス語だけではない。心理学も、もっぱら本で勉強した。大学院を受験する人は、四年間指導者の下で専門的に心理学を学んだ上で受験する。これに対して私は研究生の一年間はいくつかの講義やゼミには出席したが、基本的には買ってきた本を使って、短期間、自己流で心理学を勉強しただけである。ただ、これも研究生時代から出席していたH大の研究会が有益だったと思う。その研究会はヴィゴツキー研究会という、心理学のモーツァルトと言われた旧ソビエトの天才心理学者レフ・ヴィゴツキーの著書を輪読するそれであった。この研究会で得たものが直接的に大学院入試に役立ったわけではなかったが、そこで学んだ概念や論理や議論の仕方などは間接的に大学院入試にも有益であったし、その後もずっと役立ち続けた。またそこに参加していて、後に日本中の大学に散って行った院生や学生はみな優秀であった。私は研究生活の最初に彼らと接触していたので、彼らが研究者の基準であった。その基準から見ると、その後に出会った研究者の多くはレベルが低かった。

受験科目三科目のうちの二科目をほとんど本だけで勉強して大学院を受験するというのは、無謀なことのように見えるかもしれない。ある友人にもそう言われた。私も半分はそう思った。だから不安であった。しかし半分は、別に無謀だとは思わず、何の根拠もなく合格すると思っていた。

研究生の一年間の終盤にあった大学院の入試は受けなかった。もう少し勉強をして翌年受けようと思っていたからだ。一年間の研究生期間が終わり、まったくフリーに、つまり浪人の身となって受験勉強に専念することになったが、フリーになった直後の四月に結婚した。これも無謀なことだっただろう。ずっと後になって振り返った時に、妻が、そして妻の両親がよく決断してくれたと思った。

その後、H大大学院とC大大学院を受けた。後者にしか受からなかった。広大な松林を切り開き、そこに大量のコンクリートを投入して建設したC大は、自宅からは遠く、通学に片道二時間半かかった。遠いということをもっとも強く実感したのは、大学の事務局に提出した書類に印鑑を押し忘れ、かつその日のうちにその書類を提出しなければならなかった時だ。国立大学の事務局は融通が利かない。その時、自宅まで二時間半かけて戻り、家に置いてあった印鑑を持って再び大学に向かい、大学の事務局で印鑑を押したらまた家に帰るという、二往復計十時間の行程を余儀なくされた。

しかしこの片道二時間半の通学時間は、アルバイトに多くの時間を割かなければならなかった私にとって、貴重な勉強時間だった。自宅から私鉄一つ、ＪＲ（当時は国鉄）二つ、そしてバスと乗り継いで、漸くC大学に着く。このうちＪＲの一つに乗っている時間が一番長かった。一時間以上乗らなくてはならなかった。その路線の電車は高速で走る。そのためふつうの通勤電車に比べると揺れが大きい。とくに車両の両端は揺れが激しく、本を読んだり字を書いたりし難いので、中央付近に乗る。座れれば、膝の上にカバンを置き、その上に本や論文のコピーを置いて、右手に二色のボールペンとシャープ・ペンシルが一緒になった多軸ペンを持つ。そうすれば、読みつつ書き込みができる。英語やフランス語の文献を読む場合は、さらに英和か仏和の辞書を左手に持つか文献の脇に置く。大学院の授業で使うテキストは専ら海外文献だったので、外国語の辞書を携帯するこのスタイルが多かった。授業で海外文献のレポーターに当たった時は、日本語の要約を作らなければならない。一度、英語の本の七十ページ分をレポートしなければならなくなったことがあった。一週間、それにかかりっきりだった。

座れなければ、ほとんど読むことしかできない。立ったまま左手で吊り輪につかまりながら、同時に本や論文のコピーを指先で挟み、右手で吊り輪につかまりながら、同時に多軸ペンを持つ。そうして時々、右手を吊り輪から離して、電車の揺れに抗してバランスを取りながら、アンダーラインを引いたり、短い書き込みをしたりする。この場合、辞書を持てないので、読む文献は日本語に限られる。

その翌年、長男が生まれた。妻は産休をとり、その後仕事に復帰した。大学院の授業ではフランス語文献の講読が一コマあった。その授業を担当していた教員に、

「君はフランス語ができるね」
と言われた。読むだけなら辞書を引き引きできる。しかし、会話はできなかった。自己流の勉強の帰結だろう。それは今も同じである。そのフランス語講読の時間では、数行を音読し、音読した数行を訳すという形で行われた。フランス語は英語に比べると、綴りと発音とがかなり一致しており、発音の規則が単純なので、音読すること自体はそう難しくないが、教養あるフランス人が会話したり、朗読したりする際の、あの美しい発音は到底真似ができない。しかし横浜出身で、中学生の時に英語ではなくフランス語を学んだ同級生がいて、彼が音読するのを聞いた時、そのあまりの流暢さと美しさにクラス中が驚いた。ただ、彼の仏文解釈能力は音読能力に比べると低かった。この二つは別の能力のようである。

C大の大学院には、間に研究生の時期を挟むなどして長く在籍した。当時は研究職への就職が難しく、大学院に長く在籍する人はC大に限らず多くいた。その間、長女が生まれた。私は大学に職を得ることは難しいと思い、隣県の中学校教諭（体育）の採用試験を受けることにした。一次試験の日程が確か七月の半ばだった。論文を書くのに忙しく、教員採用試験のための参考書を何冊か買っておいたが、まったく手をつけず、七月に入ってようやく開いてみた。そこから二週間ほどは、起きている間はすべて教員採用試験の勉強に当てた。

試験当日、会場の最寄り駅の改札口を出ると、ぞろぞろ歩いていく群れがあった。みんな教員採用試験を受けるのだなと思って、その群れの中に入った。思った通りみんな教員採用試験を受ける人達であった。ただし彼らは、私が受けようとしていた中学校教諭ではなく、高校教諭の試験の志願者たちであった。それは、正門のずっと奥にある玄関の脇に立てかけてあった看板にそう書いてあったのでわかった。最寄り駅は間違っていなかった。そこから歩いていく方向を間違っていた。みんな建物の中に入って行くのに、私一人が門に向かって歩いた。すると門のそばに立っていた中年の男が、どうしたのかと聞いてきた。中学校の教員採用試験を受けに来たが会場を間違えたので帰ると言ったら、私が送ってあげますよと言って、脇に止めてあった車に乗るように促した。彼は協同出版という教員採用試験の参考書を出版している出版社の社員であった。受験生から聞き取りをするために来ていた。私は、この人の親切に未だに何も返せていない。

結果、一次試験は合格した。暫くして行われた二次試験の会場で、必要書類を一つ持って来ていないことに気づいた。それは健康診断書だった。会場の一室で同じく受験する人たちと一緒に並んで座っていたら、係の人が前に立って、

「健康診断書を出してください」

と言ったら、みんな机の上に出し始めた。二次試験に必要な書類は一次試験の合格通知に添付されていた文書に書いてあった。折り返し四ページの、その添付文書の一ページ目に必要書類のリストが記してあった。そのリストにある書類は全部用意していたのだが、添付されていた文書のページをめくって、二ページ目の一番上にもう一つ必要書類が書いてあった。それが健康診断書だった。試験当日までその添付文書のページをめくって見ることは一切しなかった。落ちたなと思った。帰ろうと思っていたら、そういう人たちが十人ほどいて、全員が集められ、近くの小さな病院で健康診断を受けさせられた。余計なことをするなと少し思った。もちろんその費用はとられた。結構高かった記憶がある。

二次試験も合格した。だが、やはり中学校教員になるのは気が進まなかった。最終の三次試験の日程が迫ってくるにつれてその思いは強くなっていった。ただし、もし妻が教員になって欲しいと言ったら、その通りにするつもりだった。ある日、台所で夕飯の支度をしている妻に向かって聞いた。教員にならなくてもいいか、と。緊張した。幼い長男と長女が私のそばにいた。

「いいわよ」

と、彼女はこともなげに答えた。ほっとしたと同時に、妻の逞しさを感じた。

C大の教官からは、博士号を取ってから職に就けとしつこく言われた。それに対して適当に相槌を打ってきたが、内心そんなものはいらないと思っていた。それより職に就く方が先だった。

その後、漸く決まったのは、愛知県の小さな短大だった。当時はバブル期だったが、それに真っ向から立ち向かうように、給料がひどく安かった。ボーナスも三か月分しか出なかった。愛知県にもなじめなかった。何よりも方言に違和感があった。子どもたちのことばがそれに染まって行くのが寂しかった。とくに、

「だで」

という接続詞が嫌いだった。「だで」は、「だから」という意味の接続詞である。短縮形が「で」で、冗長形が「だもんで」である。それは、愛知県の方言をつくる響きのエッセンスに感じられた。この「だで」にある種の趣、あるいは高雅さを感じたのは、名古屋のレストランである美しい女性が、その接続詞をエレガントに発音した時だった。


そんな貧乏短大にも、優秀な教員が複数いた。その後の経験を踏まえて言えば、どんな組織にも、あるいは団体にも必ず優秀な人はいる。その後、関東の短大に勤め、さらにT大学に移った。その時私は五十一歳だった。


病室は三人部屋だったが、入院した時に他に一人いた患者がすぐに退院したので、病室は私一人だけになった。朝、六時頃、

「おはようございます」

と言って、神保医師が病室に現れる。私も挨拶を返すが、彼は私と目を合わせるこ

となく、次の病室に行く。それから苦痛と暇の克服を基調とする一日が始まる。まず研究について考える。しかし苦痛のために集中が途切れる。断片的な思考が高速で走る電車の窓から見える風景のように流れてゆく。他に実行することは検温、点滴台を引きずって行く排泄、廊下の隅にある手動式の身長計での計測、そして息子が差し入れてくれたクルマに関する本などを読むことだ。これらを何度も繰り返した。とくに身長の計測などは、トイレに行く度に行った。入院期間の終りごろには、身長が五ミリ伸びていた。その間も、尿道の絶え間ない疼痛が通奏低音のようにつきまとった。

尿道から管が抜かれたのは、装着から四日後だった。待ちに待ったその瞬間、どんな快感が訪れるかと、下半身から発する苦痛の中でわくわくしていたが、実際には抜かれても抜かれたという実感がなく、しばらくはまだ管が挿入されているような感じがしていた。爽快感は少しずつ湧いてきた。それと同時に、世界との繋がりが次第に取り戻されていくような気がした。世界と繋がっているという感覚は、この世界の中で生きていれば、ただそれだけで生じるものではない。たとえば車が右側を通行する国に行って街を歩く時、車が思いがけない方向から不意に出て来る気がする。まるで違う世界から飛び出して来るように。その時、人は行動空間への違和感を持ち始めると同時に、世界に対する繋がりを疑い始める。私の場合は、尿道に管を刺されることによって、今まで生きてきた世界とは別の世界に繋がれてしまったような感覚に襲われていた。まるで古代の奴隷が、足枷《あしかせ》を嵌《は》められることによって、自由な世界との繋がりを奪われてしまうように。

退院する時、看護師に言われた。

「おしっこが赤ワインの色だったらいいですけど、トマトジュースの色でしたら、すぐに来てください」

私は、病院を出たその足で歯医者に行った。八か月ほど前から行っていた上顎前歯のインプラント治療を診てもらうためだった。その時、仮歯が入っていた。

前年の九月にインプラントを埋め込み、十二月に仮歯を入れた。その途端、舌の動きがひどく制限され、発音がしにくくなった。とくにサ行、中でもとくに「ス」の音が籠もって、目の前の人に向かってしゃべっているのに、そこへ音がスーッと通っていかないようなもどかしさがあった。

だから、膨大な自己流の発音練習を行った。布団の中、入浴時、木々に囲まれた公園の遊歩道を歩いている間、日本語や、英語や、フランス語の、とくに今の私が発音しにくいサ行、とくに「ス」を含む単語を発音する。それらは、

「……です」

「……ます」

"six"（スィックス＝英数字の六）

"synchronized swimming"（スィンクラナイズドスウィミング）

《cinq》（サーンク＝仏数字の五）

《six》（スィス＝仏数字の六）

などである。

私はしゃべるのが仕事の一つなので、発音しにくいのは非常に困る。実際、学生たちの前で大きい声でしゃべろうとすると、「ス」の音が籠もると共に語尾に力が入らず、私の言いたいことが彼らに伝わっているかどうか心配だった。そこで聞き取りにくいかどうか、恐る恐る数人に聞いてみたところ、意外にも、

「そんなことありません」

　と、口々に言った。しかし、しゃべりにくいのは事実だった。また仮歯を入れたばかりの十二月から一月にかけて、よく唇を噛んで、始終血豆ができていた。仮歯が口腔内に入ってくることによって、舌を中心とする口腔内の運動が制限を受けたからだと思う。歯科衛生士がそれを見て、

「わあ、痛そうですね」

　と言った。その時、インプラントにしたのは失敗だったかもしれないと思った。入れ歯の方がよっぽどしゃべりやすかったし、物を食べるのにも特段の不自由はなかったからだ。なぜ、あれほど高価なものにしようとしたのかと後悔が募った。それから前歯の角度を調整する日々が始まった。インプラントを埋め込む手術をしたのは歯科に併設する医科の外科医だった。彼は医科と歯科を統括する医療法人の理事長も務めていた。インプラント本体に歯を取り付けるのは、かかりつけの歯科医だった。外科医は、私の前歯が少し出っ歯気味なので、引っ込めると言った。そうすると顔がノーブルになるからとも言った。日本で歯科治療に関わる人たちは、見た目を気にし過ぎ

る。患者は、多くが見た目より機能を重視すると思う。仮歯を着けた日、電車のドアのガラスに映る自分の顔を見た時、ノーブルになるどころか間抜けな顔になった気がした。そもそも出っ歯気味だなどと言われたことがなかった。結局、前歯を元の通り少し前に出してもらうことにした。そうしてしばらくすると、舌が口腔の変化に慣れたのか、話のしにくさは徐々に収まっていった。退院してすぐに歯医者に行ったのは、レジンというプラスチックで作られている仮歯には汚れが付きやすく、入院中よく磨けなかったので、綺麗にしてもらおうと思ったからだ。歯科衛生士が、

「いつ退院されたんですか」

と聞いたので、

「さっき」

と答えたら、彼女は驚いていた。驚かれたのが少し恥ずかしかった。

結局、仕事は二週間休んだ。大学に行くと、

「顔色もいいし、元気そうですね」

と同僚は言った。たぶん、血尿が出てから素早く手術をするに至ったのが幸いした

のだろうと思った。大学病院だったら、まだ手術をしていなかったかもしれない。あの病院で良かったのだと改めて思った。

自宅療養

膀胱がんの治療は、退院したら終わりではなかった。肉眼の範囲では、がんの病巣は取り除いた。筋層への浸潤もなかった。だが見えないがん細胞が潜んでいるかもしれない。その上、膀胱がんは非常に再発しやすいとされる。これらの可能性に対処するために、退院後しばらくしてから、膀胱にＢＣＧを注入する治療を週に一回、二か月にわたって行うことになった。もしそれで効果が見られなければ、一定の休止期間ののち、再度ＢＣＧ注入療法を二か月間行う。ＢＣＧは結核の予防ワクチンである。赤ちゃんに接種するので、抗がん剤に比べると楽だとイメージされがちであるが、とんでもない。しばしば抗がん剤よりきついと言われる。ＢＣＧを膀胱内に注入すると膀胱の表面が炎症を起こし、ガラガラと膀胱壁が崩れる。そこにがん細胞があれば、それも一緒に引き剥がすことができる。

週に一回、病院に行って尿道から管を挿入して、そこからＢＣＧの液体を注入する。再び尿道に管を差し込まれることになるが、ＢＣＧ液を入れ終わったらすぐに抜かれるので、数十秒で済む。その間だけ耐えればいい。入れ終わったら、待合室で二時間座って待つ。排尿してはいけない。この間、自分が取り組む研究テーマに関連する論文を読んだ。この病院の待合室の二時間ほどが、論文を読んだり、考えをまとめたりするのに適していることに気づいた。みな暗い顔をして、静かに診察を待っている。この雰囲気が深い思索と調和する。時に、認知症のおばあちゃんが甲高い奇声を発する。しかしそれもなぜか知的活動の妨げにはならない。むしろシンバルのように頭脳の活動を鼓舞する。しかも時間が経過するのを否が応でも待たなければならないというのは、何かに打ち込む好適な条件となる。ただし文献資料のある自宅以外で研究に取り組む場合、論文を読むのはいいが、書くのは、関係する文献をまとめた文献ノートが手元になければ難しい。それがあれば、どこででも論文が書ける。

二時間が経過する少し前からＢＣＧが静かに作用し始める。二時間を過ぎてトイレで尿と一緒にＢＣＧを所定の容器に排出し、それを看護師に渡して帰る。帰り道、ＢＣＧが猛威を振るい出す。膀胱内は大変なことになっている。残尿感と疼痛がひどい。血尿も出る。ひと駅毎にトイレに行かなくてはならない。そして白い小便器に、傷害事件の現場のような血の跡を残す。後から来てそれを見た人はどう思うだろうか。家に帰ってからも、ずっとそんな不快感と痛みに苦しめられるが、次の日は嘘のようにそれらが消える。

一度、ＢＣＧ注入後、三日経って、いったん収まっていたＢＣＧによる苦痛がぶり返したことがあった。その日は、厚労省が指定する研修を受講しなくてはならない日だった。電車を待っている時に、突如ぶり返した。人間の身体に起こることは、予測不可能である。厚労省は融通がきかない。その日受講を休んだら、翌年に受けなければならず、そうなったら、それまでその研修に関連する授業を大学で行うことができなくなる。だから何としても行こうと思った。残尿感がひどくなってきた。乗った電車が次の駅に着いたら、下車して駅のトイレに飛び込んだ。だがなぜか尿も血も出なかった。ホームに戻ったら、まだドアが開いていたので、乗り込んだ。電車が動き出したら、またトイレに行きたくなった。次の駅でまたトイレに行ったが、やはり何も出なかった。そしてホームに戻ったら、さっきと同じくまだ電車はドアを開けたままだったので、乗り込んだ。その後もひと駅ごとにトイレに行った。こんな状態じゃ時間内に到着しないと思ったが、結局時間内に会場に着いた。受講中、トイレに立たなければならなくなると思って、受付の女性に事情を話したら、

「構いません。講師にその旨お話ししておきます。外に出やすいように、ドアのそばに席を移しておきましょう」

と言って、会場の中に入って行った。厚労省の職員なのに、柔軟で、賢い女性だなと思った。研修が始まる頃には、症状はすっかり治まっていた。結局、研修中、一度もトイレに立たなかった。

ＢＣＧ注入療法にはある懸念があった。膀胱が硬くなったり、萎縮したりする可能性があることだった。そうなれば膀胱を全部摘出しなければならない。せっかくがん細胞を削り取っても、その後の治療によって膀胱を取らなければならなくなったら、

治療の意味がない。膀胱のそのような変化の兆候は尿の量が極端に少なくなることだったので、小便をするたびごとに、尿の量が少なくなっていないかどうかひどく気になった。

ＢＣＧ注入療法を続ける（この療法は功を奏し、はじめの二か月間で終了した）傍ら、インプラント治療も仕上げの時期に差し掛かっていた。すなわちセラミック製の構造物（本歯）を着ける段階に入った。構造物を固定する場合、スクリュー固定とセメント合着（永久固定）の二通りある。前者は取り外し可能だが、後者は不可能である。私は前者を希望していたが、歯科医と歯科技工士は、私の場合、上顎の骨などの状態から後者にすべきだという意見だったので、仕方なくそうすることにした。ただし、その場合はいったん合着したら修正不可能であるから、慎重に着けないといけない。そう思うと、再び前歯の向きが気になり始めた。

歯科技工士が持って来たセラミックの本歯を見たときは、色も形も綺麗だと思った。その際立つ綺麗さは、高価さを表している気がした。だが嵌めてみると、再び前歯が奥に引っ込んだ向きになっていて、間抜けな顔が鏡に映っていた。歯科医と歯科技工士の間で連絡がされていなかったのだろうか。いやそれよりも今から直せるだろうか。技工士に少し前に出して欲しいと言うと、彼はわかりましたと気軽に言った。

二週間後、嵌めてみた。また間抜けな顔が現われた。もう直らないかもしれないと思った。しかし直してもらわなければ困る。一生間抜けな顔と付き合う羽目に陥るからである。腹が立ったのできつく言ったら、技工士は再び直しますと気軽に言った。

さらに二週間後、嵌めてみた。今度は間抜けな顔が現われなかった。そこで弱い接着剤で仮装着することになった。電車のドアの窓に映る顔や、家に帰って鏡に映る顔を、様々な角度から眺めた。妻や娘にも見え方を尋ねた。彼女たちは面倒臭そうに答えた。

「いいんじゃない」

それから間もなく、セメントで永久固定する時には緊張した。一度固定したら修正不可能だからだ。

長年私の歯を診てくれている歯科医は寡黙で、時々、私が口を大きく開けている間に小声でぼそぼそと話しかけるが、私は口を開いているので返事ができない。それでも彼は気にしない。こういう風でコミュニケーションは円滑ではないが、彼の腕前は確かだった。今回、インプラントを埋め込む手術は彼ではなく外科医が行った。そのことが少し心配だったが、それがこの医科と歯科を併設する医院のシステムなので仕方がなかった。彼はセメントを内側に流し込んだセラミックの本歯をインプラント本体にピタリと嵌め込み、そのまま少しの間じっと静止していた。その短い時間の間、いつもは荒っぽい彼の手指の動きに慎重さが感じられた。

間抜けな顔は影を潜めたが、やはり発音に慣れるまで時間がかかった。口腔というのは本当に敏感にできていると感じた。

こうして、膀胱や歯に不安を抱えつつ、大学で授業をし、校務をこなした。そして春日先生の大学院のゼミナールに参加するなどして、哲学を学びつつ、運動と認識との連関という問題の研究に取り組んだ。これらの仕事が再び軌道に乗り、体力も戻ってきた頃、突然、耳鳴りが始まった。それは、日曜日の朝、ヘッドフォンで大音量の音楽を聴いた後だった。だからそれは耳を人工的に大音量に曝したことが原因だと私は思っていた。

耳鳴りは、孫たちと一緒に旅行している時のような楽しい時、講義中、大勢の学生に向かって怒鳴るようにしゃべっている時のような、何かに集中している時には消えるが、それ以外絶えず鳴り続けた。眠りも、静寂も妨げられた。

近所の耳鼻科に行った。その医院のホームページには、診療科目に耳鳴りがあげられており、耳鳴りは、

「投薬による治療もありますが、気にしないという方向に持っていくことが大事なので、まず当院にご相談ください」

と書いてあった。希望を抱かせることばだった。

聴力検査の結果、難聴はなかった。その医師は私の耳鳴りを金属疲労にたとえた。金属疲労は、人間の疲労と違って回復することがない。歩みの一歩ごとに破壊に近づいていく。それじゃあ、治らないということじゃないか。

耳鳴りが起こっているのが両方の耳か、それとも片方かと聞かれたので、両耳だと答えたら、彼はこう言った。

「両耳性の耳鳴りのうち、脳の病変から起こる確率は十万人に一人ほどですから、

ＭＲＩを撮る必要はありませんが、どうしますか？　撮りますか？」

「いいえ」

「ＴＲＴ療法という耳鳴りに慣らす療法があります。毎週木曜日に技師が来て行います」

木曜日は授業が朝、昼、夜とあるので、都合が悪かった。

「木曜日以外の曜日はやっていないんですか？」

「はい」

「薬はありますが、効果はあまりありません。効果が多少でもあるという人は、せいぜい二、三割です。どうしますか。出しますか？」

「はい」

彼は、この医院のホームページに書いてあることばとは裏腹にやる気がなかった。気にしないという方向に持っていく治療をするんじゃなかったのか。心にもないことを公にしてはいけない。

薬局で薬を待っていた。マスクをした中年の女性が立ち上がって、カロナールという解熱鎮痛剤とムコダインという咳止めなどの薬を受け取った。風邪を引いているのだろう。羨ましかった。ふつうの、治療法がある病気だからだ。耳鳴りなどという、効くか効かないかわからないような薬しか存在しない、得体の知れないものではないからだ。

そう言えば、このような、病気とは言えないような不調、不良、あるいはおかしさなどに類するもの、つまり得体が知れず、コントロールしにくいものに悩まされたことがあった。しゃっくりだ。これまで二回あった。

一回目は愛知県に住んでいた時である。奥歯から細菌が入り、鼻の右のわきが腫れあがったので、入院して副鼻腔の粘膜を取ることになった（もしかしたら違う部位を取ることになっていたかもしれない）。手術は二時間ほどで終わった。結局、粘膜は綺麗だったので取らずに済んだ。だが手術が終わった日か、その次の日からしゃっくりが始まり、止まらなくなった。二日目、同室の患者からクレームがつけられたので、しゃっくりを止めるための筋肉注射を打たれた。それで暫くしたら治まった。

二回目は、何年か前、風邪を引いて発熱した時だ。仕事帰りの電車の中でだるさと熱っぽさを感じた。家に帰って体温を計ったら、三十八度以上あった。そこで酒を飲んで治そうと思った。私のプランでは、酒を飲んで風呂に入り、早めに寝たら朝には熱が下がっているはずだった。そしたら、飲んだ直後から次第に具合が悪くなり、そのまま寝たら夜中に吐いた。計画が狂った。

翌日、近くの耳鼻科に行って薬を処方してもらった。一日、二日経って熱も下がり、体調も回復したが、しゃっくりが出始めた。それは講義中も止まらなかった。また教授会で議長を務めている時(その時学部長の任にあった)にも出た。はやく止めたかったが、しゃっくりを止めるにはどの診療科に行ったらいいのかわからなかったので、破れかぶれで近所の個人病院(胃腸科)に行った。そこの医師とは、私も、私の父母も旧知の間柄だった。彼は口が悪いので近所でも有名だった。しばらく前までタバコを吸いながら診察していた。母はこの医師が苦手だったが、私も父も別に嫌いではなかった。彼は、

「だから、学者は駄目なんだ」

と、私の訴えを聞くなり言った。意味がわからなかったが、別に気にも留めなかっ

た。薬を出しておくと言った。何の薬かわからなかったが、聞かなかった。案の定、効かなかった。そこで少し遠くのやや大きい総合病院に行った。何科にかかったのかは覚えていない。覚えていることは、デスクの前に非常に小柄な、子どものように見える女医が座っていたことだ。この人、ほんとうに医者なのかと思った。薬（何の薬かは知らない）を処方してもらったが、やはり効かなかった。相変わらず講義中しゃっくりが出た。学生たちに悪いと思った。授業が終わると、学生たちが入れ代わり立ち代わり教壇の所まで来て、しゃっくりを止める方法を教えてくれた。全部試した。だが全部駄目だった。会議中も同様に出た。しかし少し経って、知らないうちに治っていた。

耳鳴りの薬は、医師が示唆した通り、効かなかった。その後、心療内科と三つの耳鼻科に行った。心療内科に行ったのは、耳鳴りに心因性のものもあると知ったからだったが、私の訴えに応じて睡眠導入剤を処方した以外は、いつも話を聞くのみだった。話を聞くのは誰でもできるぜと思った。三つの耳鼻科のうち二つの耳鼻科は、最初のそれと同じく、耳鳴りに関心がなかった。耳鳴り患者の受診が迷惑そうでさえあった。これらはみな行った意味がなかった。残り一つの耳鼻科で、ＴＲＴ療法（この療法は最初に行った耳鼻科ではじめて聞いた）を試みた。これは、補聴器にテレビ放送終了後のザーッ、ザーッという雑音のような音を出す機能（サウンド・ジェネレーターとしての機能）を装備し、それを一定時間聞かせることによって耳鳴りに慣らす療法である。雑音に慣れさせ、その効果を耳鳴りにも波及させようとしているようだった。ただそれだけのことなのに、Ｔ（tinnitus 耳鳴り）、Ｒ（retraining 再訓練）、Ｔ（therapy 療法）などという、もっともらしい名前をつけていた。ドイツ製の補聴器は十万円もした。しかしやれることはこれくらいしかなく、また心理的な効果がないことはないなと思った。心療内科の医師は、ＴＲＴ療法をやっている旨を伝えたら、

「その先生を信頼しているようですね」

と言った。そう言われれば、比較的信頼しているなと思った。

耳鳴りはとてもつらかった。それが病気とは言えないようなものだからといって、疾患のれっきとしたカテゴリーに分類されないからといって、大したことはないと思ったら大間違いだ。捉え難く、得体が知れないからこそ、またいつ治るのかわらな

いからこそつらさが募る。バスに乗っていても、電車に乗っていても、本を読んでいても、目をつぶっていても鳴った。耳鳴りに悩まされているある著名人は自殺をしようと思ったという。私には、その人の気持ちがよくわかった。

耳鳴りに関してインターネットの情報を調べまくった。気付けば、パソコンの前に座って検索していた。検索していることが、耳鳴りから少しでも遠ざかる方法だった。インターネットには、怪しい療法や薬や言説などがたくさんあげられていた。それらは独断とファンタジーに彩られている。しかしインターネットの情報にも有益なものもあった。たとえば、ある女性の次の体験談（摘要）がそうである。

突発性難聴が再発し、仕事の都合で病院に行けずにいたら、常にキーンという音が聞こえる状態になった。最初はショックだったが、人間は不思議なもので、慣れる。キーンという音が聞こえているのを忘れて聞こえなくなってしまった（キーンという音は、本当は存在している）。再発して一年四か月経った今でもキーンという音は常にしている。しかしセミの鳴き声や車や雨の音と同じく、聞こえているけど聞こえていない。

ある医師の次の見解（摘要）も示唆に富む。

耳鳴りの有無は、音に気づくか気づかないかの違いである。耳は音を聞く道具である。ずっと何かが聞こえている。しかしそのすべてに注意が向けられるのではない。注意を向けている音以外は聞こえない。いや、正確には聞こえているが、気づかない、意識に上らない。つまり捨象される。だから耳鳴りとは、余計な音が聞こえている状態である。多くの人は気づかないままで済む音に気づいている状態である。消すも消さぬも元々そこにあった音、元々鳴っていたもの、それに気づいているだけ。病気でも何でもなく、耳としての機能を十全に果たしているだけのことである。ついでに言えば、薬で治せるものは、治せないものよりずっと少ない。体調はどちらかに傾けば必ず元に戻ろうとする。そして戻る。絶好調は長続きしない。最悪もきっと続かない。良くも悪くもない、この状態こそ最上である。

私は、インターネットを検索することに加えて、耳鳴りに関する本を読んだ。すべて日本生まれの心理療法であり、かつ空手家の大山倍達氏によれば武道とも通底する療法である森田正馬氏の療法（森田療法）に関する本である。私が理解する限り、森田療法が指示するのは、起こったことはそのまま（あるがまま）に受け入れ、為すべきことを為すということである。森田療法に関する本の中でも、そのクライアントでもあった作家の倉田百三氏の著書がとりわけ印象深かった。

倉田氏によれば、合理主義の生活法は意識的世界にのみ通用し、生命自己の本領である無意識的世界には通用しない。森田氏の方法はほとんど禅宗などの方法と同じであり、計らいを一切せずに、すなわちひたすらに耐え忍ぶという絶対忍受を貫く。それによって耳鳴りは、依然として鳴りながらも障りがなくなった。すなわち耳鳴りががんがんするままで、どんな小さな音（たとえば炭火の音）でも聞き分けられた。また耳鳴りがしているままで静寂を感じることができた。耳鳴りが治ったわけではない。治らぬままに忍受して治ったのと同じような結果になった。すなわち、「治らずに治った」。

以上に共通するのは、耳鳴りはしているけれどもしなくなった（聞こえなくなった）、あるいは鳴っているけれども鳴らなくなった、すなわち治らずに治ったということである。私の耳鳴りも同様の経過を辿った。

私の耳鳴りは、発生してから八か月ほどで治った。ＴＲＴ療法の効果ではない。自然に治ったのだ。だが耳鳴りが消えたわけではない。相変わらず鳴っている。消えてはいない。だけど治った。苦痛はまったくなくなった。倉田百三氏が言った通りだった。問題意識の希薄な医師には、この意味はわからないだろう。

耳鳴り――あるいは不眠や、倉田氏が経験した目前の松の木が揺らいだり、回転したりすることなどの神経症の症状（森田療法で言う神経質の症状）――の存在は、精神には、論理や知性の及ばない、いわば太陽の光が届かない深海のような暗黒の広大な領域が存在することを示唆していると思う。

だが耳鳴りに関して私はある疑問を抱いていた。それは、本当に鳴っているのかどうかということだった。本当は鳴っているのではなく、鳴っている気がするだけじゃないのかということだった。そう思ったのは、大学院生の頃、実験棟の無音室に入った時、音がまったく遮断されているはずなのにずっと鳴り続けていた、あの気持ち悪い音に耳鳴りの音がよく似ていたからである。私の耳鳴りは実際に鳴っているのか、それともそれは主観的な虚構の産物に過ぎないのか。その音はリアルなものなのか、ヴァーチャルなものなのか。この疑問の構図は、後に私の研究にも再現されることとなった。では、なぜ耳鳴りが意識されたのだろうか。

ストレスか。

がんに罹患したことによるストレスは確かにあった。死に至るのではないかという心配はあまりしなかったが、膀胱をとることになってしまうのではないかという恐れがあった。また尿道に管を刺されるという、それまでに経験したことのない不快感と苦痛があり、その後のＢＣＧ療法も、大量の血尿を伴う下半身の疼痛に加えて、ここでもまた膀胱が機能不全に陥るのではないかという恐怖がつきまとった。

歯のインプラント治療も大きなストレスであった。口腔の自由な運動が妨げられ、発声が制限されるのではないかという不安と、間抜けな顔になるのではないかという不快感が何か月もつきまとったからだ。

しかし私が思うには、それらに匹敵する、あるいはそれらを凌駕するストレスがもう一つあった。禁煙である。タバコをやめたのは膀胱がん手術の前年の七月三十一日である。それまで長い間ハイライトを一日五十本吸っていたが、七月三十一日を禁煙日と定め、一気にやめた。それには二つ理由があった。一つはこうだ。

それまで禁煙に何度かトライしてきた。いずれも本数を漸進的に減らしていくという方略を採用した。この方略は、禁煙が長距離走だという常識的な見方に依拠している。テレビの禁煙ガムの宣伝でも、「禁煙はマラソンのよう」というセリフが流れている。切りの良い日、たとえば一月一日を禁煙開始日に定める。その日五十本吸うとすれば、次の日は四十九本、その次の日は四十八本というように、一日に一本ずつ吸う本数を減らしていく。はじめのうちは、その日割り当てられた本数を吸う。しかし次第に実際に吸う本数がその日割り当てられた本数を超え、仕舞いには一日五十本のレベルに戻ってしまう。大体こういう経過を辿った。今度禁煙するに当たっていいヒントがないか探るために、インターネットの記事をたくさん見た。多くが禁煙は時間がかかるという発想に立っている。禁煙外来の治療方針も同じである。しかしその中に、

「禁煙は短距離走だ」

というフレーズを見つけた。このフレーズが表す新しい思想は、わたしの胸に響いた。それで一気にやめてみようと決意した。ことばは、それまでとは全く異なる地平

を現出せしめることがある。耳鳴りに関する、「治らずに治った」というフレーズもそうだ。田口ランディ氏の言う通り、ことばは、人類が生み育ててきた最高にして最大の「呪術」だからである。

では、何時一気にやめるか。七月三十一日とした。なぜか。わたしが一年中で一番好きな日だからだ。なぜ好きか。わたしがもっとも好きな季節である夏の日々のうち、もっとも夏らしい日だからである。これが二つ目の理由だ。

したがって禁煙に成功したのは、禁煙を短距離走と捉える思想と日にちの持つパワーのお蔭だと私は思う。七月三十一日、八月一日、二日の三日間は、この順で苦しかった。吸いたいと感じたら正の字の一画を書いた。だが最初はその頻度があまりにも多く、また吸いたいと感じる時とそうでない時との区別がつきにくく、吸いたいという欲求に切れ目がないように思えた。それで正の字を書くのは止めた。友人は、

「禁煙外来にも通わずに、よくやめられたな」

と言った。わたしは、三年前、B病院で妻と一緒に生まれてはじめて人間ドックを受けた。その際、心電図の波形に異常があると言われ、さらにその後のCT検査で冠

動脈が狭くなっていると言われた時、世間の評価が高いY大学病院の循環器内科にかかることにした。Y大学病院では心電図の波形は別段異常ではないと診断され、また冠動脈が狭くなっていることについてはしばらく様子を見ていこうということになった。その際、わたしがワイシャツの左胸のポケットに入れていたタバコに、禁煙何とか協会という団体の理事をしていたドクターの目が行き、彼は今すぐそれを捨ててくださいと言った。私はその時禁煙するつもりはなかったので、拒否した。するとドクターは、この診察の後に禁煙外来に寄って帰ってくださいと言って、私が頼みもしないのに自ら電話して、呼吸器内科の予約を取った。

「今から、葉月さんという方がそちらに行きますので、宜しくお願いします」

そして私に向かってこう言い放った。

「一人で禁煙するのは無理です」

私は呼吸器内科に寄って帰るか、寄らずに帰るか少し迷った末に、結局寄って、適当に話を聞いて帰った。呼吸器内科の受診の段取りをつけたドクターの診察は初回だけだったので、その後会っていない。それから三年後、禁煙外来にかからずに自力で禁煙した。このことをあのドクターに言う機会があればこう言いたいと思う。

「禁煙は一人でするもんですよ」

しかし国が法律までつくって勧めるタバコとの決別は、いいことばかりではないだろう。もしかしたら心身に計り知れないダメージを与え得る。私の場合、このダメージが耳鳴りを誘発したのかもしれない。

いずれにしても耳鳴りの原因を特定することは、今の医学、あるいは科学では無理だ。だが私は、がんやインプラント治療の困難や耳鳴りを克服することによって、精神や肉体のパワーが、それらを経験する前よりも増大した気がする。倉田氏は、耳鳴りなどを克服することによって肉体的健康も増大し、以前は一日三枚しか書けなかった原稿を、それらの克服後は、十五、六枚は書けるようになったと言っている。私も、同じく、かつてよりもずっと多くの文章を書けるようになった。文章を書くには精神の戦闘的姿勢が必要であり、その姿勢を貫き通すためには心身のパワーが必要である。

グアム

膀胱がんに罹患した年の秋、学長選挙があり、新たに選出された学長から大学の国際交流センター長になってくれないかと言われた。私は英会話が苦手なので、はじめ断ったが、英文学者でもある学長が英会話はできなくてもいいから是非に、としつこく頼んできたので、仕方なく引き受けた。私は英文の読み書きはある程度できる。私の書いた論文の英文要約は、しばしば英文学者に褒められた。それは私が文法にやたらと詳しく、かつ自分の持っている数十冊の英語辞典を参照して書くからだった。しかしその英文学者が私の英文の何を評価しているのかはわからなかった。

問題は英会話だった。日本の多くの研究者と同様に、私は外国人との英語によるコミュニケーションには困難を感じる。研究上、フランス語の論文も読まなくてはならない。フランス語はほとんど本だけで勉強したので、文法が頼りである、本で学んだフランス語では解釈はできても、発音はめちゃくちゃだし、会話もできない。もっぱら本で学んだ人生と同様に歪《いびつ》である。

台湾のある研究者が、彼のアメリカ留学の経験から、日本人留学生の英会話能力が低いのは、完全な英文をつくろうとするあまりしゃべらないからだと言った。しかし最近の日本の若い研究者の中には、英語やフランス語の会話は不自由なくできるが、読み書きが難しいという、私と正反対の人たちが出て来た。もしかしたら、日本人の脳の構造が変化し始めているのかもしれない。

翌年の三月、大学間の相互交流の協定を結ぶために、T大学Mキャンパスの国際交流課の志村課長と女性課員の高輪さんを連れて、グアムに出張した。

三時間半でグアム空港に着いた。外に出ると暑く、ホテルの前に広がるビーチには大勢の人たちがいた。日本人と思われる人たちも少なくなかった。私と妻は、息子夫婦と孫を連れて、この夏、グアム旅行を計画していた。

朝、部屋のドアを開けると志村さんと高輪さんが立っていた。私が起きるのを待っていたのだ。悪いことをしたなと思った。あらかじめ朝の集合時間と場所を決めておけば良かったと思ったが、翌朝も同じことを繰り返してしまった。

目的のF大学は海のそばにあった。太陽の光を反射して輝く低層の白い校舎が広いキャンパスに点在する風景は、絵のようだった。私たちが交渉したF大学のアンソニー教授はアロハシャツを着て現れた。私と志村さんはネクタイを締め、ジャケットを着ていた。グアムにいる間、ネクタイを締めた人にも、ジャケットを着た人にも会わなかった。通訳は帰国子女で英語が堪能な高輪さんが行った。私は脇で聞いていて、英会話ができない自分が情けないと思うのと同時に、彼女の美しい英語と横顔に魅了された。帰国したら、英会話の勉強をしようと思った。

私たちは相互交流の協定を結ぶ方向で一致した。私は、自分の大学の学生がここで学べることに満足した。アンソニー教授の専門は何だったのだろうか。今、何の問題を研究しているのだろうか。またF大学にも、ちゃんと研究している教員と、ろくに研究していない教員がいるのだろうか。英会話が堪能だったら、アンソニー教授と共にした昼食の間に、こんな会話ができたかもしれないなと思うと、ますます英会話の勉強をしたいと思った。だが、アンソニー教授が、

「グアムに来たら、靴のまま海に入るのが義務だ」

という英語はわかった。その時は少し焦った。この人は、これからわれわれと一緒に靴のまま海に入るつもりなのか、と。私は今履いている靴しか持っていなかった。海に入ったら、濡れて履けなくなる。そうなったら、靴を買わなくてはならないが、ホテルのそばのＡＢＣストアではたぶん靴は売っていない。ではどこで買ったらいいのか。

しかし、結局海には入らなかった。

「昼食代はぼくが持つ」

という英語もわかった。アンソニー教授はまた、私が六月に家族を連れてグアムに来る予定だと高輪さんが通訳すると、その時は是非連絡してくれと言った。だがこの予定は、息子の仕事の都合によって、結局実行されなかった。私は、彼が日本に来たら心からもてなそうと思った。

ホテルの部屋は広くて居心地が良かったが、シャワーの使い勝手が悪かった。壁に設置されたシャワーはヘッドが自由に動かせず、頭上のそれは、どう調節しても熱いお湯しか出なかった。志村課長の部屋は、頭上のシャワーが出なかったそうだ。外国のホテルは設備が駄目だ。だがベッドはでかい。その大きいベッドに横になって考えた。

《運動と思考または認識とが連関するという見方は古くからある。たとえばアブラハム・グリューンバウムは高次脳機能障害の臨床と研究に基づいて、認識は常に行為の要素を含んでいるとする。彼によれば、人が認識する時、必ず一定の行為を予定しており、認識の中に含まれた行為は現実化に先行する虚性行為（ヴァーチャルな行為）である。したがって認識に基づいて行為が発生するのではなく、行為に基づいて認識が発生する。

たとえば目前の四つ足の物体を椅子と認識する時、その認識の中には必ず座る動作が含まれている。座る動作のために椅子があるのであって、椅子のために座る動作があるのではない。

神経生理学者のチャールズ・シェリントンは、生命のスケールで見ると筋肉、神経、認識可能な精神の順に組織化が進んできたという事実認識に基づいて、運動行為は精神を認識可能な状態にする道を歩ませ始めたと考える。

旧ソビエトの知覚心理学者のアレクサンドル・ザポロージェッツは、身体の動きが知的なものの土台にあることを示唆する仮説を提起した。それによれば、地球の歴史のある段階で動物が現れた。それは運動機能が地球上に現れた時でもある。そのきっかけは、たぶんある種の植物にとって、その場を動かないで栄養を取り入れることが難しくなったという事情が地球上に生じたことである。動くためには、周りの状況を知る必要がある。そうでなければ動けない。だから知ることは動くために、つまり知的なものは運動に奉仕するために生まれた。

中枢神経系に関する研究、たとえば今を時めくＣＴやＭＲＩによる脳画像の研究も、身体の動きと知的な活動とが密接に連関することを示唆している。それによれば、運動を司っている脳の部位と知的活動を司っている脳の部位は重なっている。

つまり知的活動をしている時にも運動を司る部位が活動し、また運動をしている時にも知的活動を司る脳の部位が活動する。

そしてアメリカのベンジャミン・リベットとその共同研究者が行った神経系の活動電位の研究は、動きが知的なものに先行する可能性を示唆する。われわれは、何かをしようと思ってからそれをすると思っている。つまり「思う」のが先で、「する」のが後という順序だ。だがリベットたちによれば、筋肉と脳の活動電位を精密に測定すると、不思議なことに、脳より先に筋肉が動いている。つまり、脳が筋肉に指令を出す前に筋肉が活動し始めている。常識とは逆に、ああしよう、こうしようと思う前に身体が動いている。だから動きや行為が先で、意図や認識が後である。

しかし、これらにも拘わらず、一般的には、筋肉の活動と頭脳の活動とは別のものだと捉えられている。たとえば重いものを持ち上げながら熟考することはできないし、また、世の中には運動に優れた人は頭が悪いといった見方が流布している。

だが私は、運動の優れた人は頭もいいと特段の根拠もなく思っている。自分が成長する過程で出会った頭のいい人が皆運動に秀でていたからだろう。だから学業成績抜群の人が、草野球のバッターボックスに立って無様に空振りしたり、ゴール目掛けて蹴ったサッカーボールがあらぬ方向に飛んで行ったりしたらこう思う。

「こいつ、本当はバカなんだな」》

運動神経のいい奴は頭もいいと友人たちに言うと、彼らの多くは、

「そんなことないよ」

と否定する。

《確かに大人の場合には運動と思考とはあまり関係を持たないかもしれないが、はじめからそうだったわけではなく、発達の初期には両者は密接に結びついていたのではないだろうか。なぜなら幼児には考える時に動きを止めたり、実際の状況から距離をとったりといった、思考に固有の特徴は認められないからである。このことは、彼らが視界に入ったものを何でも掴もうとすることなどに表れていよう。

スイスの発達心理学者ジャン・ピアジェの理論によれば、発達初期の子どもは自分の身体を使って外の世界を認識しようとする。彼らにとっては身体が認識の手段である。その次の認識の手段はイメージである。これは二歳頃から活発に活動する。何をきっかけにイメージが生まれるか。他者の動作の模倣である。子どもは目前の人の動きを頻りに真似る。この、人の動きを真似る子ども自身の動きがイメージに変換される。そしてそれが、「社会的協働」を契機として発展しつつ、可逆性や体系性を帯びるようになったものが思考の操作である。

ここで注目すべきは、社会的協働が新たに登場していることである。しかし、思考操作の形成を運動によって説明するはずであった彼の理論の中に、社会的協働が発達過程の途中から、操作の形成の要因として唐突に、しかも運動とは何の関わりもなしに登場することは、第一に理論的不整合であり、第二に運動から操作までを結局は一つながりの過程として描けないことを別の形で表していると言える》

アロハシャツを着た親切で陽気なアンソニー教授と、彼が連れて行ってくれた恋人岬の美しい海が私にとってのグアムだった。その地から帰って、Mキャンパスの国際交流課長の志村さんが学生部に配置換えになった。学生部は有能な志村さんを欲しかったのだろう。教員は事務局の人事に関与できないので、受け入れるしかなかった。後任の課長は、それまで国際交流課員だった女性の三田さんだった。三田さんが、課長としての職務を立派に果たせる有能な女性であることは、ほどなくしてわかった。また彼女も帰国子女で英語は堪能だった。前職はH大学理学部数学科の事務員である。三田さんは、ある日、彼女が職場で出会った数学教員のエピソードを話してくれた。

渋谷警察署から電話があった。

「お宅の教授だと名乗る人を保護しています。通行人から連絡があったんです。歩道で人がくるくる回っている、と。われわれが駆けつけたら、まだくるくる回っていました。声をかけて止まってもらい、署まで来てもらいました。その人がお宅の教授だと言い張っています。名前は大橋行雄氏です。違うでしょう？」

「違いません。大橋先生はうちの教授です」

「あ、そうですか」

警察官は、びっくりしたように言った。そうでないことを確かめるために電話してきたようだった。警察官は重ねてこう尋ねた。

「では、なぜたくさんの人が行き交う歩道でくるくる回っていたんでしょうか？」

この問いに対しては、別の教授が代わって答えてくれた。

「それはですね。高次元の空間を考えていたんだと思います」

「高次元って何ですか？」

「えーとですね。私たちが住んでいる空間は三次元ですよね。アインシュタインはそれに時間を加えて四次元の時空を提唱しています。現代の数学者は十次元以上の空間を考えています」

「何のために？」

「論理のためですよ」

「くるくる回らなければ、わからないんですか？」

「そうかもしれません。数学者は、脇目も振らずに、人目も憚らずに考え続けるものなんです」

「そうですか」

私はこの話を聞いて、自分は研究者としてはまだまだだなと思った。私だったら人目を憚り、人の行き交う道路上でくるくる回るようなことはしないからである。


グアムから帰国した後、オンラインの英会話のレッスンを受けることにした。そうしたサイトは数多くあった。一番人気があるサイトへは何度アクセスしてもつながらなかった。そこで、二番目に人気のあるサイトにアクセスしたところつながったので、そのレッスンを受けることにした。講師はほとんどがフィリピン人だった。フィリピンでは公用語がタガログ語と英語であるが、学校の教科書はほとんどすべて英語で書かれている。だからフィリピン人は英語で学問を行い、多くのフィリピン人が英語を解する。国際語である英語に多くの国民がアクセスできるのは大きなメリットではあるが、母国語で学問を語ることができないというのは、母国語の発展にとって不利ではないだろうか。日本では、幕末・明治期の先人たちが外国語を日本語に翻訳する地道な努力をしてくれたお陰で、学問を母国語で語れるようになった。

フィリピン人の英語は微妙に訛りがある。タガログ語をしゃべるように英語を話す。たぶん欧米の英語圏の人々とフィリピンの人々とでは、英語をしゃべる時の口腔の動きが微妙に違う。時々、この違いがフィリピンの人々における英語の発音の個性となって表われる。すなわち急に甲高くなったり、聞いたことのない抑揚が現れたりする。

「緊張しないでください」

と、画面に映った女性の先生は、やさしく私に言った。こういう時、生来の引っ込み思案の性格が出るようである。

「好きな食べ物は何ですか？」

「寿司です」

咄嗟にそう答えた。

「なぜ？」

なぜかと聞かれて答えに窮した。寿司を好きな理由なんて、考えたことがなかったからだ。というより、そもそも食べ物の好き嫌いに理由などあるのか？

「緊張しないでください」

ことばを発しないでいたら、また言われた。違う質問をしてくれないかなと思ったが、その後の簡単な質問にも答えることが難しかった。よく知っている英単語でさえ咄嗟には浮かばない。この時、ボクサーがよく言う、練習で打っていないパンチは試合では打てない、というセリフが胸に浮かんだ。

春日先生は、英会話は慣れだと言った。彼は留学経験もあり、国際学会の座長を務めるくらい英語が堪能である。知っているだけじゃ駄目だ。日々口にしていないと出てこない。そういう意味では、オンラインの英会話レッスンには期待できる。

この年、北朝鮮がミサイルの発射実験を立て続けに行い、関係国の間に緊張が高まった。とくに私がグアムから帰国した直後の四月、五月は発射回数が多かった。私は、大学の国際交流の責任者として、当面、T大学から韓国へ留学生を派遣すべきか否かの判断を迫られた。迷ったが、結局今年は派遣しないという方針を示した。少し慎重すぎる判断だとも思ったが、学生を危険に曝すわけにはいかない。教職員が危険に遭うのは致し方ない。しかし大学の主人公たる学生をそんな目に遭わせるわけにはいかない。北朝鮮は、その後、グアム周辺も射程に入れているなどと危ないことを言い出した。せっかくあの美しい海に囲まれたグアムで学生を勉強させようとしているのに。

ストックホルム

同年の八月、いくつかの大学の研究者たちと一緒に、スウェーデンのストックホルムで当地の福祉施設や病院などを一週間かけて視察した。この計画を主導したのは、同僚である芝園さんである。十年前にも、スウェーデンの視察を彼女のコーディネートで実施した。その時は真冬で、気温は常に氷点下だった。ホテルは全館禁煙だったので、夜中タバコを吸うときは、ホテルの玄関の前でパジャマの上にコートを着て、夜の美しい雪景色を見ながら吸った。北欧の真冬の深夜、外にいてもそれほど寒くはなかった。今度は夏である。

まずデンマークのコペンハーゲンまで飛ぶ。所要時間は十一時間半である。そこから小型の飛行機に乗り換えて、一時間半でストックホルムに着く。コペンハーゲンまでの十一時間半が非常に長い。しかし私にとって、今回のこの十一時間半は、十年前のそれに比べると苦痛が一つ減っている。それは、タバコを吸えないという事態が与える苦痛である。飛行機のキャビンは、喫煙者をタバコから隔離する空間である。この空間の閉塞感は喫煙者を圧倒する。今回は十年前と違って、非喫煙者としてキャビンにいるので、その閉塞感からは解放されている。それでも、半日近く座り続けているのはやはり肉体に大きな負荷をかけることになる。

この肉体的負荷にも拘わらず、同行した研究者の中に、スーツを着たままずっと座り続けている若い大学教員がいた。すぐ後ろに座っていた私は、彼のこの姿に一種の風格を感じた。かつて乃木希典将軍が軍服を着たまま起居していたという話を思い出した。これ以降、私は新幹線の車内などでも、ジャケットを脱いでくつろぐというようなことはしなくなった。

飛行機の中で、数か月前に出会った重要な本、すなわちアメリカの哲学者のマーク・ジョンソンが書いた本を原書で読んだ。私は、英語とフランス語の文献は日本語訳があっても必ず原文を参照する。日本語訳には必ずと言っていいほど間違いがあり、かつ日本語訳だけでは正確なニュアンスが伝わりにくいからである。ただ、ドイツ語とロシア語の文献（この二か国語で書かれた文献を引用する必要があった）は、それらに関する辞書は所有しているが、読めないので、日本語訳が頼りである。原語を示す必要がある時には、辞書を引いた上で、他の研究者に助けを求める。

前の座席に嵌め込まれているテーブルを下ろして、その上に原書を開いて置き、膝の上に電子辞書を置く。英仏の辞書はある時期から電子辞書を使うようになった。もう三台目である。そして右手に多軸ペンを持って、書き込みをしながら読む。

《ジョンソンは、身体運動と知的活動との深い連関を主張する。身体運動のパターンが想像力によって思考に投射されて思考のパターンを形づくる、というのが彼の基本的なアイディアである。それゆえ思考のパターンは、もともとは動きのパターンであり、想像力は身体運動と思考とを繋ぐものだということになる》

疲れると、目の前のモニターで映画を見る。それに飽きると、モニターの別の画面で飛行機の高度やスピードや目的地までの距離を一応確認して、飛行機から見える地形の映像を見る。そうしてまた本に戻る。飛行機の中も本を読むのに適していると思う。ある意味では、病院の待合室以上に優れている。他にすることが限られているので、長いフライトでは本を読むことに否が応でも集中するからだ。飛行機はストックホルム・アーランダ空港を通り越して、コペンハーゲン空港に向かった。飛行機の窓からこの空港を見ながら、ここで降ろしてくれないかなと思う。コペンハーゲンまで飛んで行ったら、そこからまたこの空港に飛んで戻ってこなくてはならないからだ。

ホテルに着いたときは夜だった。日本との時差は七時間である。日本では早朝だ。ホテルについて、荷物を部屋においてから、芝園さんと二人でホテルのバーで少し飲んだ。彼女に誘われたからだ。芝園さんはしばらく前に博士号を取得していた。何事も計画的に進める賢い女性だ。彼女と飲むときはいつも長時間にわたるが、この日は長いフライトで二人とも疲れていたので、早々と切り上げた。

八階の私の部屋の前で芝園さんは私の眼を見て、

「おやすみなさい」

と言った。私も同じことばを返して、廊下を歩く彼女の後ろ姿を見送った。

部屋のトイレに入った時、バスマットがないことに気づいた。フロントに電話して持ってきてもらわなければ、風呂に入れない。フィリピンの先生に教わった英会話の成果を発揮する時だ。受話器を取った。オンラインではじめて英会話した時のように緊張した。何を言ったのかよく覚えていなかった。受話器を置いてから、心配になった。意図が伝わったのかどうか、と。チップを用意して待った。なかなか来なかった。相当時間が経って、ドアをノックする音が聞こえた。ドアを開けると、すらりとしたアフリカ系の男性がにこやかにバスマットを持って立っていた。

「ありがとう」

と私もにこやかに礼を言って、チップを渡した。

風呂に入った後、ベッドに横になったが、大きい時差のせいで、疲れているのになかなか寝付けなかった。

《足し算とは何か？　ジョンソンの考えでは、物を一緒にする動作だ。引き算とは何か？　ある物の集まり（全体）からいくつ（部分）かを取り去る動作だ。では等号とは何か？　バランスをとる動作だ。だから加号（＋）とか減号（－）とか等号（＝）とかは、全部、身体の動きから発生したものだ》

睡眠不足なのに朝早く目が覚めた。散歩をするために外に出たら寒かったので、部屋に戻ってカーディガンを引っ掛けて、再び外に出た。アラブ系と思われる大型バスの運転手二人が、バスの脇で立ち話をしていた。彼らの横を通り過ぎるとき、会話が九州弁に聞こえた。こんな風に。

「ユウベ、ナンバシトッタ？」

「トモダチト、サケバ、ノンドッタ」

十年前と比べると、かつてはあまり見かけなかったアラブ系と思われる人たちが増えたように見える。

さらに歩いて行くと、向こうの四つ角にいた中年の男女の会話が風に乗って聞こえてきた時、日本語に聞こえたので、日本人のカップルだと思った。声の調子から、喧嘩しているようだった。しかし近づいたら白人のカップルだった。

車道の脇に立つと、手前の車線を左側から車が走ってくる。日本と逆なので、危険な感じがする。走っている車の多くは、ドイツのベンツ、アウディ、フォルクスワーゲン、それにフランスのプジョーなどで、スウェーデンのボルボが少なかった。車産業は国の基幹産業の一つなので、スウェーデンの産業界に何か変化が起きているのかもしれない。ボルボのスタイルがかつてのきりっとした、品格ある、角張った形から、近頃どこの国でもよく見かける、ぼてっとした、凡庸な、丸っこい形に変わってきたことも、そのことと関わっているのかもしれない。

この日は、D総合病院というスウェーデン最大の病院の食餌コントロール部門を視察した。私たちが病院のロビーのソファーに座って待っていると、栄養士の女性が現れた。彼女は、挨拶の後、ポケットに手を突っ込み、さあ行こうと言うようにみんなが行く方向に首を二度傾げた。この粗野なしぐさを芝園さんはかっこいいと言った。プロフェッショナルとしての矜持を感じたそうだ。

翌日の朝、私は鍵を部屋に置いたまま、ドアを閉めてしまった。一階のフロントまで下りて行った。英語で若い男性スタッフに事態を説明したが、通じなかった。焦って、同じことを少し大きい声で繰り返した。若干の時間経過の後、スタッフの顔に微笑が浮かぶと、後ろのボックスから合鍵を取り出して、渡してくれた。通じた。だがすぐには通じなかった。しかもあの若造、笑っていた。

エレベーターに乗っている時、理由がわかった。さっき、「私は締めだされた」と言ったつもりだったが、自分が口にした英語を思い起こしてみると、「私は鍵を締め出した」と言っていた。だからあいつ笑ったんだなと思った。

ある障害者施設を視察した際、同施設が用意してくれた昼食をとっていると、不意にドアを開けて顔をだした同施設の年配の男性スタッフが、われわれが食事している様子を見て、

「日本人がナイフとフォークを上手に使っている」

と、立ったまま微笑を浮かべて英語で言った。スウェーデン人が日本人のナイフとフォークの使用を珍しがるのは意外だったが、別段彼の顔に嘲笑の色はなかった。

ストックホルムを発つ飛行機の中で、出発前、いったん手荷物収納棚に入れた荷物を取り出そうと立ち上がったら、後ろの座席に並んで座っていた三人の小さい女の子が目を見開いて私を見ていた。女の子たちの視線に気づいた私は、何とかわいい子どもたちかと思った。と同時に、白人から見ると東洋人はいまだに珍しいのだなとも思った。コペンハーゲンで乗り換えた。そこから長いフライトが始まった。また電子辞書を参照しながら、ジョンソンの原書を読み、時々、映画を見た。最後に見た日本映画はさほど面白い映画ではなかったが、途中で成田に着いてしまい、結末を見ることができなかったので、その後、ずっと気になり続けた。

タシュケント

三か月後の十一月、日本留学フェアに出席するために、T大学Yキャンパスの国際交流課員の千石さんという女性を連れて、ウズベキスタンのタシュケントに行った。行く前はウズベキスタンという国がどこにあるのかもわからなかったので、帝国書院の最新基本地図とインターネットで調べた。中央アジアにあり、旧ソビエト連邦から独立した国だということがわかった。まず仁川空港まで飛んだ。成田から二時間半ほどかかった。仁川からタシュケントに向かう飛行機は四時間後に出発する。そこでまず空港内のフードコートで、大きいカップに入った、真っ赤なスープにマカロニのようなものが浮かんでいる食べ物（名前はわからなかった）を買って食べた。旨かったが、辛過ぎたので残した。残りを捨てに行ったら、その店の棚には、真っ赤なスープが残った同じカップがいっぱい並んでいた。次にブラックコーヒーを飲んだ。フードコートを出た後、滑走路が正面に見える、誰も座っていない椅子の列の一つに座った。そして数冊の文献ノートを参照しながら、ノートに論文を書き始めた。仁川空港におけるこの時が、私の博士論文の書き始めである。私の場合は、パソコンに向かってキーボードを打つよりも、ノートに手書きで書く方が文章の浮かぶスピードが速い。

トランジットの長い時間も、他にすることがないので、論文を読んだり書いたりするのに適していると思う。空港のラウンジに設置されている椅子は、シンプルでゆったりとしていて、物を書くのに向いている。目を上げると何機もの巨大な飛行機が見える。駐機しているものもあれば、滑走しているものもあり、空高く舞い上がる途中のものもある。これらの非日常的な乗り物の姿は、学術論文の醸し出すムードと合う気がする。多数の外国人の姿もそうだ。いずれも、学問と同じくインターナショナルな風貌を持っているからだ。論文を書くのに飽きたら、荷物を持って、両脇に店が並んでいる通路を歩き回る。そしてまた別の椅子に座って論文を書く。空港のラウンジの方が、病院の待合室や飛んでいる飛行機の座席よりも学問と向き合うのに適しているだろう。椅子が大きく、自由に歩き回れるからだ。

これらに比べると、知的作業を行う場として定番の通勤電車の中は、少し劣るような気がする。もちろん私はそこでも必死で論文と格闘する。座っていても、立っていても。だが通勤電車は車両の動きも、人の動きも忙しない。

《運動と認識との連関に関する理論的な検討、とりわけ運動と、高次な認識活動である思考との連関に関するこれまでの議論は不十分である。そこで本論文では両者の連関を議論し、それを通して同連関に関する私の考えを提案する。

その際、まず発達的な観点に立つ。大人においては、両者は相対的に分化しているが、発達の長い過程においては、互いに密接に連関しつつ変化していくと思われるからである。次に運動が内面化することによって思考を形づくるという説、すなわち「運動の内面化説」の立場に立つ。それが、運動と思考または認識との連関を主張する有力な理論が依拠してきた立場であり、また同連関を明らかにする有力な手立てだと思われるからである。

その研究の理論的意義は、肉体の運動という物理的なもの――あるいは外から見えるという意味において外的なもの――と、思考という心理的なもの――あるいは外から見えないという意味において内的なもの――との関係を明らかにする上で重要な役割を果たすということである》

飛行機の中で配られた入国カードには英語とロシア語の二種類があった。ロシア語はわからないので、英語のカードをもらった。書くべき項目が多く、持ち込むドルの端数まで書かされた。

タシュケントで入国審査を受けるために入った建物は、区の出張所のような小さな建物だった。乗客が入りきれず、一部は外に並んで待った。

ドルをウズベキスタンの通貨のスムに両替する必要があったが、ホテルの両替所はいつも閉まっていて、結局、ウズベキスタン滞在中は両替ができなかった。しかし日本留学フェアに参加した大学は、あらかじめ主催団体にすべての費用を払い込んでいたので、とくに困ったことはなかった。滞在中、T大学の通訳を務めてくれたウズベキスタンの青年は、日本で生活した経験があった。かつてボクシングをやっていたという。そう言えば、ウズベキスタンはアマチュア・ボクシングが盛んな国だった。この国の青年は、のびやかな肢体ときりっとした顔立ちを持っていた。この国の人は、端正な顔をしている人が多い。とくに女性は美しいことで世界に鳴り響いていると聞いた。それは本当だと思う。アジアと西欧のいいところが合体されているのだろうか。

タシュケントの高校の日本語を学ぶクラスを訪問した時は、号令の下、生徒全員が起立し、お辞儀をしながら日本語で声を揃えて、

「おはようございます」

と、日本の学校の作法に則った挨拶をして迎えてくれた。彼らの純真な眼差しは、日本語を学ぶ真剣さを物語っている気がした。彼らの何人かは私に英語で話しかけ、また生徒によっては、何不自由なく日本語を話す。日本語の堪能な外国人に接すると、私は感心すると同時に、英語もろくに話せない自分が情けなくなる。以前、アメ

リカの名門大学からT大学に何人かの日本文化研究者が来て講演をしたことがあった。そのうちの一人は、はじめは英語で話していたが、途中から日本語で話し出した。講堂に響き渡るその美しい日本語を聞いた時、私は、この同業のアメリカ人に心から尊敬の念を抱いた。

ホテルのベッドは、それまでに泊ったことのあるどのホテルのものよりも丈が高くて、広かった。「よいしょ」という感じで、膝をついてベッドの上に乗り、仰向けになって手足を伸ばしても、まだ十分に余裕があった。この広い空間は私の身体をゆったりと支えた。トイレの便器も大きかった。尻がはまってしまうのではないかと、座るたびに心配した。すでに冬のタシュケントは寒かったが、ホテルの中は暖かかった。食べ物も旨く、概してこの国の生活は予想外に快適だった。

ある夜、日本留学フェアに参加した日本とウズベキスタンの大学関係者、在ウズベキスタン日本大使館員、そしてJICAの日本人スタッフたちが集まって夕飯を共にした。飲食しながら歓談している最中、ウズベキスタンの大学関係者の一人が突然席を離れて踊り出した。すると、ウズベキスタンの他の大学関係者たちが続いた。それに日本人も加わり出し、次第に踊る人の数が増えてきた。私は踊りに誘われるのを恐れた。

入国審査の厳しさ、換金不可であったこと、田舎であること以外は、タシュケントと他国の都市との間に特段の違いは感じなかったが、この踊りを見た時、はじめてウズベキスタンに来たという実感を持った。なぜなら、この踊りが民族の歴史的発展の道程で定着された独特の所作を表している気がしたからである。それと同時に、はじめて見るそれを日本のどこかで見たことがあるような気もした。所作は身体による思想である。もしかしたら中央アジアのこの国と日本との間に古くから密やかな交流があった、あるいは身体の人類としての共通性が所作の上である共通点を生んだ、などといくつかの可能性を考えた。

帰路のタシュケント空港でたまたま手に取った出国カードの用紙がロシア語のそれだった。夕食が遅く、ぎりぎりで空港に駆け付けたので、出発まであまり時間がなかった。英語の用紙に取り換えるのも面倒だったので、見当をつけて空欄に必要事項を適当に記入した。それで出国審査をパスできたのは、たまたま正しく記入できていたからか、係官がちゃんと見ていなかったからか、そのどちらかだろう。帰りの飛行時間は行きに比べて短かった。仁川空港に着いて、乗り換えエリアに向かって歩きながら、その理由を、

「地球の自転のせいかな？」

と、千石さんに聞くと、彼女は、

「偏西風のためです」

と、断定した。偏西風って、自転と関係があるんじゃないのか。私は飛行機が仁川空港を発つまで、往路と同様に椅子に座って研究ノートを広げた。

《運動と思考との発達的な連関を研究する実践的意義は、知的に恵まれない子どもの知的な発達や学習を促進したり、改善したりする方法を構築することにある。外的かつ具体的な運動を通して内的かつ抽象的な思考に迫ることができれば、彼らの思考に働きかける手段を獲得することになるからである》

ウズベキスタンから帰国した後、数日経って、ひどい下痢をした。同行した千石さんも同じ症状を発したと言う。ウズベキスタンで飲食したもののせいだと考えられる。ウズベキスタンでは生水が飲めないとインターネットの記事には書いてあったので、生水は飲まず、歯磨きにもペットボトルの水か、沸かしたお湯を冷ましたものを使った。これに関して、通訳のウズベキスタンの青年は、

「生水が飲めないなんて、そんなことはありません。ぼくたちは普段生水を飲んでいます。問題ありません。インターネットの記事は嘘です」

と言った。だが嘘ではないと思う。私は、毎朝出た生野菜が原因ではないかと推測した。生野菜は、ウズベキスタンの生水で洗っていると思われるからだ。千石さんは、二日目の昼食に食べたピクルスが原因だと言った。

ウズベキスタン出張から四か月後、すなわち翌年の三月、私は、学生の留学先であるカナダのW大学とハワイのお寺を視察することになった。同行したのは、幼少期にアメリカとカナダで暮らしていたT大学Mキャンパス国際交流課の三田課長だった。

ヴィクトリアとホノルル

まずヴァンクーバーまで飛んだ。成田から九時間かかった。私と三田さんは、いつもそうするように離れた座席に座った。そして私は、ジャン・ピアジェの認識発達理論について問題点を記した。「社会的協働」の概念の理論的位置づけについてである。

ヴァンクーバーからヴィクトリアへの飛行時間は小さなプロペラ機で約三十分だった。所々茶色の錆がある翼のフラップが不規則に動き、漸く空高く舞い上がったかと思ったら、もう着陸態勢に入った。機内の案内は英語とフランス語だった。両方ともわからなかった。三田さんの前に座った恐らくカナダ人の中年の男女は、三十分ほど、ずっと英語で談笑していた。三田さんによると、二人はたまたま隣り合わせに座った他人同士で、互いの居住地域のことなどについて会話していた。カナダでは人と人との距離が近いんだなと思った。この時が、カナダに対する好印象を持った最初だった。

カナダは、アメリカと同様に新しい国だという印象があったので、ヴィクトリアの町並みに古い格式が感じられたのは意外だった。海のそばのレストランで、

「エクスキューズ・ミー」

とウェイターを呼ぼうとしたら、カナダで暮らした経験のある三田さんは、ウェイターを呼んではいけないと言った。オーダーを取りに来るまで待っているというのが、ある程度以上のランクのレストランにおける礼儀だそうだ。はじめて聞いた礼儀だった。

カナダに旅立つ前に、私は新たにダウンコートを買った。そのダウンコートを着て外出しても、三月のカナダは寒かった。W大学を訪ねた日は、広いキャンパスを強風が吹きまくり、いっそう寒く感じられた。芝生の上を小さく黒い鳥がよちよち歩いていた。案内してくれていた大学のスタッフに鳥の名前を聞いたら、

「クロー」
という答えだった。東京で見るカラスとは違って、小鳥のような可愛さがあった。ラウンジで待っていたら昼休みになり、学生でいっぱいになった。その中にたくさんの日本人留学生がいた。T大学の男子学生もそこに混じっていた。すっかり英会話に慣れていて、三田さんが試しに英語で問いかけると、流暢な英語で答えた。ヴィクトリアにおける勉学と生活の成果だろう。私は、四歳の孫娘がいつか海外留学したいと言ったら、ここは有力な候補だと思った。

われわれは非英語国民向けの英語の授業を見学させてもらった。教室に入って行くと、教師も、アジア系、アフリカ系と思われる学生たちも笑顔で迎えてくれた。この日のレッスンは「未来完了形」だった。われわれにもレジュメが配られた。それについていた練習問題を、私も三田さんもやってみた。私は文法には詳しいので、全部できた。いい教材だと思った。

ホテルの部屋は広くて、暗く、そこに大きく古い洋服ダンスが設置されている。それらも街並みと同様に、重厚な格調を醸し出していた。ベッドは、ウズベキスタンのものほどではなかったが、大きかった。

夜、三田さんがシアトル在住時に親しくしていた姉妹と彼女たちの父親の三人が、シアトルからフェリーでわざわざ来てくれた。母親はすでに亡くなっている。妹のジェーンさんが三田さんとシアトルの小学校の同級生だった。三田さんは、今は独身で両親は老いている。もし両親が亡くなったら、自分がシアトルで彼女を養子として引き取ると父親のクリントさんは言っているそうだ。このアメリカ人の家族と三田家との深い絆が感じられる話であった。たぶん三田さんも、人を引き付ける何かを持っているのだろう。

私も一緒にクリントさんの車で夕飯を食べに行った。レストランで食べたステーキは分厚くて、旨かった。ステーキは、どこの国で食べても旨いと思う。教師の経験がある姉のジュリーさんは、私の拙い英語を真剣に聞いてくれた。オンラインでフィリピン人から英語を学んでいると言ったら、フィリピン人がなぜ英語を教えるのかと不思議そうに聞いた。それに対して私は英語でうまく説明できないのがもどかしかった。だが、ジュリーさんはこれに関する簡単な質問をいくつかして、彼女なりに理解したようだった。もしかしたら、理解したふりをしていてくれたのかもしれない。支払いは私がしようと思っていたが、クリントさんがどうしても支払うと言って聞かなかった。こういうのをきっぷがいいというのだろう。立ち上がったジェーンさんを改めて見たら、背がすらりと高く、モデルのようだった。そしてジェーンさんの同級生である三田さんもまた、すらりとした肢体と細い指先を持っていることに改めて気づいた。

次はホノルルに向かう。ヴィクトリアからヴァンクーバーへ戻り、そこからホノルルへ飛ぶ。

ヴァンクーバー国際空港で飛行機を待っていたら、事故で到着が大幅に遅延し、夜になってしまった。店も次々に閉店してしまうので、三田さんと一緒にまだ開いているカフェに急いで入ってビールを飲み、サンドイッチを食べた。結局ホノルルに着いたのは、現地時間で深夜の二時過ぎだった。正午には、留学プログラムを依頼しているお寺の住職の日野上人が、留学生の法学部二年の女子学生を連れて、車で迎えに来てくれた。このプログラムは、海外で布教活動をしている仏教の寺院でお寺の作法などを学びつつ、英語の勉強をする「お寺ステイ」と称するものである。この時の参加者はこの女子学生一人だけだった。彼女はわれわれに会うなりレイを首にかけてくれた。彼女の背後のずっと向こうに、三月にも拘わらず砂浜を水着姿で歩く女性の姿が見えた。この時、ハワイにきたという実感を持った。ダウンコートを着て寒さに震えていたカナダでの日々が、遠い日の出来事のようだった。

日野上人の差配で、はじめにA小児病院を見学させてもらった。出迎えた副院長は房が垂れ下がった帽子をかぶっていて、フリーメーソンリーの会員だと名乗った。フリーメーソンリーの名前は知っているが、その会員であることをこんなに大っぴらに他人に告げるものなのかと不思議に思った。帰る時、病院の玄関で脚の不自由な子どもたちとすれ違った。

お寺の本堂とそれに付属する宿泊施設は、小高い丘の上の自然が豊かな環境内に立地していた。車を降りて、出迎えた夫人に挨拶した後、ふと空を見ると虹がかかっていた。本堂は天井が高く、日本のお寺と同様に、荘厳な雰囲気を持っていた。違いは、西洋の教会のように椅子が整然と並べられているところだった。眩い陽光のせいか、中が明るく感じられた。隣接する学生が宿泊する施設は、もとは二十世紀初頭に建設された富豪の住居だったそうだ。白を基調とした建物は古いが、重厚で、大きく、部屋数も多い。伝統と格式を体現したような建物である。留学生の部屋も天井が高く、広々としていて瀟洒《しょうしゃ》であった。こうした立派な施設にも増して、学生の勉学と生活に対する日野夫妻の周到な心配りが印象に残った。

二日目の夜、日野夫妻と私と三田さんの四人で、ホノルルの大学が運営する小高い丘の上に建つレストランで夕飯を食べた。ウェイターはすべて学生であった。われわれのテーブルを担当した女子学生は、こちらが質問するとにこやかに答えてくれた。欧米人は笑顔をつくるのが上手だなと思った。レストランでも飲み屋でもスポーツ用品店でも、店に入った時に店員がエレガントなつくり笑いを見せると、それだけで入って良かったと思う。私はステーキのレアを注文したが、肉の内側はほとんど生のように赤かったので、大丈夫かと心配した。ホテルに帰って少し眠った後、深夜、研究に戻った。

《ジョンソンによれば、人間の頭の中にある概念や知識は、身体運動のパターンが写し出されたもの、すなわち写像である。だから彼に従えば、概念や知識は、もともとは身体運動のパターンである。たとえば容器にものを入れたり、出したりする行為や、部屋に入ったり出たりする行為は、ある空間とその空間の中にあるものとの関係、つまり空間の包含関係に直接関わる身体運動的経験である。こうした運動のパターンは、ものの集まり、つまり集合の概念を導く。

身体運動に直接基づかない抽象的な領域の概念は、身体運動に直接基づく領域のそれで代用する。つまりある身体運動のパターンを別種の領域に投射する。これをメタファーと言う。身体運動パターンの写像もメタファーも、想像上の運動――それは、目前の現実的な状況や具体的な運動を離れているという意味において抽象的であるので、「抽象的運動」と言う方が適切であると私は思う――によって行われる》

ホノルルから成田まで九時間もかかる。飛行機の中で昨晩の続きを書いた。

《想像上の運動、つまり抽象的運動が働く実際の行動は何だろうか？　空間に関係する行動だろう。なぜなら、運動は参照系に対する位置関係の変化、すなわち空間関係の変化を意味するからである。その中でも、漢字を書いたり、絵を描いたりする行為、つまり形を構成する行為が代表的だろう。

われわれには、正しく読めるけれども正しく書けない漢字というのがある。正しく読めるということは正しく識別しているということである。正しく識別しているのに、なぜ書けないのか。漢字を構成する要素の空間的な関係、すなわち要素の組み立てを把握していないからである。それを把握するためには、要素を頭の中で様々に動かしてみる必要がある。分解したり、合成したり、適切な位置に嵌め込んだりである。それはまさに思考の基本的な操作である分析、すなわち分けることと、総合、すなわち結びつけることと同じ過程である》

三か月後の六月、韓国への出張がある。前年、T大学では北朝鮮が弾道ミサイルを頻繁に発射したことによって韓国への留学を休止したが、今年再開するに当たって、韓国情勢を視察しておく必要があった。

ソウルと春川

韓国出張の前に、春日先生に博士論文の第一稿を提出しようと思った。内容については密かに自信があった。大学院生の頃、別の大学の、ある高名な教授に依頼されて、教授が編集委員を務める学術雑誌に論文を提出したことがあった。その教授はそれを読み、

「久々に理論家が現れた」

と言った。そのことばを私がどれほど嬉しく思ったか、研究者のエリートコースを歩んできた人たちにはわからないだろう。また私には、教授のそのことばが、きちんとした訓練を積んでいない非正統の学問、つまり自己流の学問が大筋で間違っていな

かったことを示唆しているようにも感じられた。そして、その次に書いた論文も学会の審査を通り、機関誌に掲載された。学会の審査を通らない論文も少なからずあるから、この時、私はプロの研究者としてやっていけるのではないかと思った。しかしその後の研究は遅々として進まなかった。それは、一つには小さなことにこだわる不器用な自分の性格のせいだと思う。また一つには、取り組んできたテーマが、運動と認識とを結びつけようとする、まるで水と油とを、あるいは引力と斥力とを結びつけようとするような困難で、難解なものであったせいだと思う。この問題は、考えれば考えるほど深みに嵌って、抜け出せなくなる。解があるのか否かもわからない。もしかしたらないのかもしれないという思いに、何度もとらわれた。だが、今度は一つの解を示すことができたのではないだろうか。

しばらくして春日先生からメールが届いた。内容は、私の文章が難しく、わかりにくいので、全面的な書き直しが必要だというものだった。「全面的な」というフレーズにショックを受けた。そして後日、Mキャンパスで余白にびっしり春日先生のコメントが書いてある自分の論文原稿を受け取った。そのコメントの量の多さは私の論文の未熟さを表している気がした。自信は脆くも崩れ去った。その日から大急ぎでコメントを頼りに書き直し始め、直し終わった第二稿を春日先生に提出してから、ソウルに飛んだ。六月だった。同行したのはYキャンパスの女性国際交流課長の西台さんだった。

ソウルまでは近い。朝、成田を発って、午後二時三十五分には、ソウル市内のU大学校の門をくぐった。この大学校は仏教系であるので、キャンパス内に荘厳なお寺があった。そこでお会いした国際情勢課の張教授と林課員の二人には、彼らが二月にT大学のMキャンパスを訪問した時に会っていた。張教授はアメリカに留学していたので英語が堪能で、日本語を少し解する。若い林さんは日本語も英語も堪能である。二人とも温厚で、上品だった。また留学生への対応も行き届いており、これなら朝鮮半島が危機に瀕しても十分対応可能だと実感した。林さんは、私がソウルには高層建築が多いと言ったら、ソウルには地震が少なく、大学では地震に備えた避難訓練を昨年はじめてやったと言った。韓国は日本と近いのに、地震を巡る状況がそんなにも異なるのかと不思議な気がした。

翌日は、春川（チュンチョン）市のI大学校を訪問する。夜、ベッドに寝そべって、春日先生のコメントを読み返した。多くの厳しい指摘に圧倒されつつも、よくこんなに詳細なコメントを書いてくれたなと、その誠実な行為に感謝した。翌朝、一階のロビーのソファーに座って、膝の上ですでに提出した論文の第二稿を引き続き直していた。階段を下りながら西台さんは、私のその姿を見て、

「信じられない」

と、いつもの旋律的なハスキーボイスで呟いた。隙間時間を活用する能力が現代の忙しい研究者には必須である。隙間時間は、意外にも、歩いている時と同じく、イマジネーションが湧きやすい。

外に出たら暑かった。ホテルを出てすぐのところにあるカフェで、西台さんと一緒にジュースを飲んだ。今まで飲んだことのあるジュースの中で一番濃厚で、一番旨かった。たぶん果物をぎゅうぎゅうに詰めて、絞っている。またあのジュースが飲みたいなと、帰国してからも時折思った。

春川市までは急行電車で一時間ほどかかった。駅を出ると、遠くに山々が見え、駅

前は広々としていて、日本の新興住宅地を思わせた。われわれに声をかけてくれた方が、Ｉ大学校日本学科の尹講師だった。彼女の日本語があまりに流暢なのでびっくりしたら、在日二世だということだった。日本で高校を卒業した後、ソウル大学校に入学した。彼女の運転する車でＩ大学校に向かった。途中で見えた川の雄大さに目を奪われた。

キャンパス内で日本学科の朴教授と合流した。彼の母親もまた在日だということだった。日本語に何不自由ない両氏が日本人留学生の状況をとてもよく把握していたので、ここでもまた私たちは安心した。土曜日だったため、キャンパス内には人はあまりいなかったが、校舎の間を縫うように歩いている時に、朴教授が懇意にしている医学部の李教授に行き合った。朴教授が韓国語で私の研究を紹介すると、李教授は、私に英語でこう言った。

「あなたが運動と思考との連関について研究していると聞きました。私は脳の研究をしています。脳と運動や身体とのつながりは、医学においても、今注目されています。ぜひ、今後、研究成果の共有をしましょう」

気鋭の学者が大きい声で朗々と発したこの英語を、私は大筋で理解できた。かつその情熱溢れることばに感銘を受けた。韓国に来た甲斐があったと思った。国は違っても、優れた人には優れた人の共通の印象があると思った。

春日研究室

韓国に出張する前に提出した論文の第二稿を巡って、春日先生と彼の研究室で話し合った。春日先生の指摘の主要なものの一つは、手の動作と概念との順序関係だった。先生はこう言った。

「ジョンソンは、両手に持った物を合わせる動作が足し算の『足す』という概念の元になると言っていますが、それは違うんじゃないでしょうか。物を合わせる動作は、その前に合わせようという意図とか、足すという概念とか、そういうものがあってはじめて生まれると思います。そういう考えなしには、動作は生まれない。つまり概念が先で動作が後という関係ですよ」

これに対して私はいくつかの事実をあげた。

「三歳くらいの幼児に、手の指いくつ？　と聞くと、片手の指を、もう一方の手の人差し指で一つずつ触りながら、一、二、三、四、五と、ちゃんと数えられます。そこで、じゃあいくつ？　と聞くと、また一、二、三、四、五と、同じ動作を繰り返します。これは、最後の数が全部の指の数を表すという事をわかっていない、というよりも数えることの意味が、あるいは数の概念そのものがわからないまま、ただ数える動作を見様見真似で行っているからです。たぶん、この動作はまったく無意味なわけではなくて、数の概念や認識を導く役割を果たしている可能性があります。少なくとも、この場合、動作あるいは行為が概念や認識よりも前に出現することを示唆しているのだと思います。

さらに言いますと、先生もご存じの通り、最近のリベットたちの電気生理学的な研究は、不思議なことを明らかにしましたね。何かをしようと脳が思う前に身体が動いているという事実です。つまり筋肉がまず活動し——これは筋電計で測定します——、その後で脳が活動する——これは脳波計で測定します——、という順序です」

春日先生は、暫く考えた後、こう言った。

「わかりにくいんだよな」

春日先生が博士論文執筆に当たって私に求めたことは唯一つ、高校生にもわかるように書け、ということだった。私はこの指示には心から共感し、自分なりにそれを心掛けたつもりだったが、春日先生が何をわかりにくいと言っているのか、実はよくわからなかった。

私が思うには、「難しい」という時、二つの意味がある。筋を通して考えればわかるという難しさと、筋を通して考えれば考えるほどわからなくなるという難しさである。私は、前者を徹底的に意識していた。でも、それだけじゃ駄目だったのかと思った。この時、ソウルで修正した第三稿を春日先生に渡した。

同年七月、私と妻は息子夫婦と四歳の孫娘の五人で北海道のトマムに旅行した。早朝、みんなで熱気球に乗った。バーナーの熱が頭の上にも放射されるので、頭頂部に右の掌をずっと置いておかなければならなかった。髪の毛が傷んだら困るからである。ゴンドラが一番高く上がった時には、草原や森林を遠くまで見渡すことができた。眼下に孫娘の頭がある。もしかしたら、よく見えないのではないかと心配した。じっとしているのは、幼いなりに動くと危険であることを理解していたのだと思う。

朝食を済ませてから、孫娘と彼女の母親は草原で馬に乗った。孫娘は白い仔馬に乗り、母親は大きい白馬に乗った。それぞれカウボーイ・ハットを被った牧童に手綱を引かれた二頭の白馬は並んで、小さくなるまでゆっくり歩いて行った。私は、馬が暴れ出したりしないかと心配で、ずっと見守っていた。草原の向こうにキタキツネが見えた。

午後に見た青い池は幻想的だったが、色が少し濃すぎるような気がした。ラベンダー畑のそばの売店で、シアトルのクリントさんとジュリーさんとジェーンさんのためにハンカチを三組買った。そしてホテルへ帰ってからは、相変わらず論文を直していた。それでも、この頃、パーキンソン病が疑われ、表情が乏しくなり始めた妻は何も言わなかった。

《春日先生は、「表象は要らない」と言った。表象というのは、心の中にあるイメージャ記憶やことばの総称である。それは世界に存在する何かを表す。特定の恋人のイメージは、実際に存在するその恋人を表している。真夏の高原でかつて聴いた鶯の美しい鳴き声の記憶は、その時に実際に聴いた音を刻み込んだものである。そして「銀河」ということばは、暗黒の宇宙に浮かび、かつ美しい光を放つ島を表している。それらが心の中になければ、想うことも、思い出すことも、思いを馳せることもできないではないか。表象が要らないという意味がわからない。心理学は心を研究する学問であるから、もちろん表象は要る。というよりも、それが直接の研究対象であり、それなくしては学問が成り立たない。では、哲学では要らないのか。しかし、哲学も人間の精神を探究する学問ではなかったのか。精神に表象は存在しないのか。

一方は要らないと言い、他方は必須だと言う。この真っ向から対立する二つの見解は、実は表面上の対立に過ぎないのではないか。視点が違うと、まったく同じことが違って見える。同じことを正反対の言い方で表現しているだけなのではないか》

国内線のキャビンの中は、国際線のそれに比べると、論文と格闘するのにはあまり向いていないと思う。乗っている時間が短いからだ。私は、時々、斜め後ろの席に座っている孫娘をチラッと見て、取り組んでいる論文に関連する問題を考える。

《現象学のテキストによれば、現象学は経験に根差す哲学である。その時、「私にとっての」、あるいは「私のものである」経験、つまり一人称的な視点に立つ経験、言い換えれば自分の直接的な経験が大事だと言う。傑出した哲学者である春日先生も、一人称的な経験を重視する。とすれば客観的な経験、つまり三人称的な視点に立つ経験に依拠する科学とは正反対の立場だ。前者が主観性を重視するとすれば、後者は客観性を重視する。しかし、一人称と三人称との区別、あるいは主観性と客観性との区別は、相対的なものに過ぎないのではないだろうか。

ラグビー選手は、試合中、自分の眼の前で起こっていることに集中する。集中を切らせば試合を制御できないので、一流選手の集中力は高い。集中力の高低も一流選手と三流選手とを分かつ特徴の一つだろう。だが、実はあまり知られていない一流選手の特徴が一つある（もっとたくさんあるかもしれない）。それは、眼の前のことに集中しつつ、自分のプレイを外側から客観的に見るもう一人の自分がいるということだ。そのもう一人の自分は、フィールドの外側や観客席にいる。この場合、フィールドの中にいる自分が一人称の自分であり、フィールドから離れたところにいる自分が三人称の自分であると言える。とすれば、一人称の自分と三人称の自分とは、元は同じ「自分」であると言え、かつ優れたプレイには一人称の自分と三人称の自分とのアンサンブルが必須だということになるだろう》

羽田に着陸した。飛行中、随分思案に耽っていたような気がした。斜め後ろを見ると、母親の膝の上で孫娘が私を見て微笑んだ。

春日先生の大学院のゼミに出ると、そこに出席していた六十代の院生である家具職人の長崎さんが、自分自身が人や物をどう見るかよりも、他人が人や物をどう見るかの方が大事なのではないかという意味の発言をした。北海道からのフライトで私が考えたことに通じる発言だった。それを聞いて、私は自分の考えが大筋で間違っていないことを確信した。彼は大学で哲学を専攻した。卒業後、家具職人になり、今は家具職人を養成する学校で教えている。私は彼に哲学的問題への深い関心を感じていた。長崎さんは、春日先生のゼミの食事会において、私にこう言った。

「すでに立派な業績をあげている教授である先生が授業に出ていたのにはびっくりしました」

これに対して、私は、「立派な業績」というのを否定しておく必要があると感じたので、こう言った。

「そんなことないよ」

ゼミの後、私は自分の論文の第三稿を巡って、春日先生と話し合った。

「わかりにくい」

と春日先生はまた言った。その場で受け取った論文には、相変わらずびっしりとコメントが書いてあった。真摯で、明晰な春日先生がわかりにくいと言うのが不可解だった。筋を通して読めばわかるはずなのに、と。かつ、不安だった。論述が稚拙だからか、と。

「各章の順序を変えたらどうでしょう？」

と、春日先生は提案した。今の順序はこうだ。

一、認識発達理論

二、想像力の理論

三、構成行為

春日先生の提案は、わかりやすくするために、最後の構成行為を最初に持ってきたらどうかというものだった。とすると、それは実際の行為から出発するということだから、具体的なものから出発するという順序だ。今までは理論を最初に持ってきていたので、抽象的なものから出発するという順序だった。提案ではそれを逆にせよということだが、今、章の順序を根本的に変えるのは無理だと思った。単に入れ替えるだけではなく、後の記述は先の記述に規定されるので、結局記述を少しずつ、全面的に変えなくてはならないからだ。そこで章立てはそのままにして、記述の量を増やしたり、注釈を入れたりして、さらにわかりやすくすることにした。しかしそうして直した文章を読み返しても、さほどわかりやすくなったとは思えなかった。章立てを変えるしかないか、という考えが頭をもたげた。

博士論文の予備審査の日は十月一日である。九月の中旬にはオーストラリアのシドニーへの出張が予定されている。したがってその前に新たに執筆した論文を予備審査に関わる三人の査読者に送らなければならない。今から全面的に書き直して間に合うだろうか。

この時、博士論文の執筆をやめようかと思った。それは、間に合わないかもしれないからではなかった。章立てを変える、すなわち論述の順序を変えるということは、論理の組み立てを変えるということであり、自己の思想の構造を変えることになり得るからである。そこでいろいろな人の意見を求めた。章立てを変えることによって論文の質が変化しないかどうか、あるいは論文が表現する思想に重大な変更がもたらされないかどうかということについて。意見を求める相手は、T大学のちゃんと研究している研究者、古くからの研究仲間、そして研究職には就かなかった大学院時代の友にも及んだ。みな論述の順序を変えることに反対もしなかったが、積極的に賛成もしなかった。迷った。そこでT大学の若手の有望な研究者で、哲学にも造詣が深い麻布准教授に聞くことにした。

彼は私の論文の第三稿を読んでくれた。感想は明晰だということだった。そして、章立てを逆にしても明晰さを少しも損なわないという意見だった。麻布准教授のこの意見によって、章立てを変えることに決めた。こうである。

一、構成行為
二、想像力の理論
三、認識発達理論

しかし時間があまりなかった。大学は夏休みだったので、授業の義務などからは一時的に解放されている。午後、近所のコメダ珈琲に歩いて行った。混んでいたが、一つだけ席が空いていた。コメダ珈琲は椅子やテーブルがゆったりしている。この空間も論文執筆に適していると思う。夏休みの間、論文を書くために、コメダ珈琲には随分通った。あの喫茶店は名古屋発祥だそうだ。名古屋の喫茶店では、コーヒーを注文するとパンやゆで卵などが自動的についてくる。そのシステムは名古屋以外の愛知県の喫茶店でも同じである。私もはじめて愛知県の喫茶店に入ったとき、コーヒーにアンパンとピーナッツがついてきたのには驚いた。東京ではコーヒーに何もつかない、と名古屋出身の同僚が不平を言っていた。そう、東京ではコーヒーを頼んだらコーヒーしか出てこない。

高校生、大学生の頃は、そのコーヒー一杯で長い時間議論した。相手は池袋や新宿の駅前でビラを配っていた見ず知らずの学生運動家だとか、同級生を通して知り合った他の学校の学生・生徒だとかである。よくわからないながらも革命や音楽や映画や小説などの話をした。研究生や大学院生になってからは、そこで読書会や、研究会の企画や、学術雑誌の編集会議などを行った。もちろん、しばしば一人で入ってタバコを吸いながら本を読んだ。この延長線上に論文を書く作業が位置づけられれば自然な流れである。しかし、東京の喫茶店もずいぶん変わった。まず数が減った。次に腰を落ち着けてゆっくりできる場所がほとんどなくなり、喫茶店はコーヒーを味わうだけの場所になってしまった。そこで名古屋生まれの喫茶店が、先を急いでいる思索者、すなわち原稿の締め切りが迫っている研究者や作家、企画や構想のプレゼンテーションを近いうちにしなければならなくなった企業人などの前に燦然と現れた。アンパンやピーナッツやゆで卵などによってではなく、知的空間を提供することによってわれわれを引き寄せた。

そうして漸くシドニー出張前に第四稿が完成した。第四稿に至る過程には不安がつきまとった。それは春日先生のコメントが提起する問題を解決できていないのではないかという疑念からくるものである。それにも拘わらず、これで行こうと決断したのは賭けだった。

もし春日先生が、その結果出来上がった論文を自分の意にそぐわないと判断するのなら、学位取得はあきらめようと思った。その第四稿をメールで主査の春日先生と二人の副査に送った。副査の一人は、この年の四月にH大学からT大学に移ってきた白山教授、もう一人は、若手の中で今もっとも仕事をしていると評されるS大学の坂上教授である。全員、高名な哲学者である。自分の書いた自己流の哲学論文を彼らが読んでくれる。それは私にとって光栄なことだった。

《私の博士論文の結論はこうである。

他者の動作の模倣を起源として発達過程において新たに生成された高次な運動表象であり、かつ知覚像やイメージの自由な運動的操作である想像上の運動、すなわち抽象的運動は、思考のカテゴリーとしての空間と必然的に連関する。高次レベルの空間表象が抽象的運動の過程を包含してはじめて成立するからである。そして抽象的運動は、高次空間表象を生成する思考操作、すなわち空間的思考操作でもあると見なすことができる。分解と合成の継時的過程という過程としての共通性を持つからである。ただし抽象的運動は体系性を持たないので、空間的思考操作を体系化したり組織化したりする（たとえばユークリッド空間や射影空間などとして）機能ではなく、思考操作を遂行する手段としての機能を担うと考えるのが妥当である。その意味において、空間的思考操作は運動的思考操作とも言い得よう。

この抽象的運動の作用と、それによる子どもの空間的思考操作の例を二つあげる。一つは構成行為、東京駅の模型を構成する行為である。

東京駅の模型を子どもの正面に置き、模型の手前にそれを構成するのに必要な材料と不必要な材料をごっちゃにして置く。それらは手で持って動かすことができないとしよう。課題は、模型をつくるのに必要な材料を選ぶことである。この課題を実行する際、子どもは頭の中で東京駅という一つの全体に、様々な材料（部分）を位置づける（たとえば、たくさんの窓枠の一辺として、また斜めの屋根の外枠として、さらには建築物を支える垂直の柱などとして）作業を行うと思われる。この作業においては、材料（部分）を東京駅の模型（全体）に適合するように合成する過程と、模型（全体）を材料（部分）に分解する過程とが同時に進行するであろう。両過程を遂行するのは、おそらく知覚像やイメージの自由な運動的操作である抽象的運動である。これらの分解と合成の過程における内的な操作（運動的操作）そのものが抽象的運動だと想定し得るからである。

もう一つは、筆者の指導実践における、長さ（センチメートル単位）を測定することに困難を示す軽い知的障害のある小学校児童（通常の学級に所属）の例である。彼は、小学校で定規（単位）を使って物の長さを測定するという課題を行っていたが、学校でもうまく測定できず、家で母親が指導してもうまくいかないという状況にあった。その時、小学校の教師は、定規の目盛りの原点、すなわちゼロの位置（目盛り）を、測定しようとするものの端に正しく当てる（定規の目盛りのゼロの位置と測定するものの端を合わせる）ということを目下の指導の目標にし、母親にも家庭でそのような指導をするように促していた。しかし母親の話によれば、何度やってもその意味を理解できず、またゼロの目盛りと物の端とを正確に合わせることもできなかった。この時、私はこの少年が定規を正しく使用できないのは、距離（または長さ）の概念を獲得していないからではないかと考え、次の二つを母親に指示した。

一、はじめは定規の目盛りのゼロの位置を物の端に合わせさせるのではなく、それよりも大きい数値の目盛り（一センチ、二センチ、三センチなど）を物の端に、「任意に」合わせさせ、その過程で各目盛りの単なる（任意の）一つとしてゼロの目盛りを物の端に合わせさせる。

二、それと同時に、ある目盛り（位置）から別の目盛り（位置）までの距離（一センチとか、二センチとか、あるいはより大きいセンチとか）を、その位置から別の位置までの動きとして、つまり手指をその距離の間だけなぞる動き（メートル単位の長い距離を導入する場合には歩く動き）を想像させることなどによって距離を把握させる。

これらの指示を与えて一週間が経った時、母親は、家庭学習で右の指示のようにしたところ、定規を使って物の長さを測定することが直ちにできるようになった（「一発でわかった」とのこと）と言った。それは、おそらく距離を自己身体の動きとして描くことによって把握する、つまり内的な動きと距離とを結びつけることによって把握し、それに基づいて距離を測る道具である定規の使い方を理解したと考えることができよう。この時、距離の表象を導き出す内的な運動、または内的な運動的操作が抽象的運動であると想定できる。

最後に、この結論の広がりを述べる。空間はしばしば視覚機能と関連づけて議論されるが、それは特定の感覚モダリティーにのみ存在するわけではなく、すべての感覚モダリティーに存在しうる（聴覚空間、触覚空間などとして）ので、思考または経験の基本的なカテゴリーであると言うことができる。それゆえ抽象的運動が空間的思考操作の手段だとすれば、それは空間またはその表象を介して、すべての思考操作の手段になり得る。こうして運動は抽象的運動になることによって、空間的思考操作の手段としての機能を果たし、かつ空間的思考操作を介してすべての思考操作の手段としての機能を果たすであろう》

東京駅の模型の組み立てと知的障害児の指導の例は、少しでもわかりやすくするために最終段階で挿入した。春日先生も、実例を入れた方がわかりやすいという意見だった。

アルバート・アインシュタインは、問題を解くことよりも問題を提起することの方がいっそう本質的だと言った。この言葉に従って、私が右の結論を導く過程で抱いた問題を提起することにする。

《第一は模倣である。

一般的に言って真似をすること（模倣）は不当に軽んじられている。しかし、実はそれはわれわれの生活において決定的に重要な役割を演じる。その一つは、私がここでピアジェに依拠して述べたように、他者の動作の模倣が想像上の運動、すなわち抽象的運動を生成する、ということである。そしてもう一つは、新しいものをつくりだす（創造する）際に演じる役割である。

模倣はある意味では創造と正反対のものだが、別の意味では創造の土台である。モーツァルトはすでに十代のはじめの頃までに十数個の交響曲を書いており、そのことが彼の天才をもっとも端的に示すエピソードだとされている。しかし少年の頃に書かれたそれらの曲は、一つを除いてすべて何かの曲をまねして書かれたものであることがわかっている。また残り一つも、何かをまねして書かれた可能性が高いと言われている。天才モーツァルトでさえ創造活動を模倣から始めた。その才能がモーツァルトほどではないわれわれにはいっそう模倣が必要であると言える。映画監督の黒澤明も芸術家の北大路魯山人も、創造活動における模倣の重要性を強調している。また経済学者の野口悠紀雄は、「模倣なくして創造なし」と言っている。ゆえにわれわれは、人間の発達や創造における模倣の意義をより正しく認識する必要があるのではないだろうか。

第二は想像力である。

想像や空想は、現実から離れる心の動きを指す。しかし現実から離れるという時、二つの路線があり得る。一つは現実から遊離し、白昼夢や自閉的思考に陥る、文字通りの「非現実化」の路線である。そしてもう一つは、現実から離れることによって、逆に現実に深く入り込み、現実を深く把握したり、改造したりする「現実化」の路線である。

想像の要素は現実の経験からとられた要素であり、現実の経験は想像の素材である。それゆえ常識的な見方とは逆に、経験が豊かであればあるほど、年齢を重ねれば重ねるほど想像も豊かになる。また想像は、自己の経験の拡大の手段ともなる。他者の物語や記述によって、経験し得なかったことも思い描くことができるからである。

想像は現実の経験や記憶にしっかりと根を張って、そこから新しい系列を作り出す活動であるから、現実を把握したり働きかけたりする際に機能し得る。すなわちそれは現実化機能を持ち得る。

レフ・ヴィゴツキーが言うように、現実から、あるいは具体的な個々の直接的印象から飛翔することなしに現実を正しく認識することは不可能である。このことは、ある失語症患者が、晴天の日に、「今日は天気が悪い」とか、「今日は雨が降っているとかという文章を復唱できなかった症例が示しているだろう。だからわれわれの正常な行動は、現実と非現実との、現実性と可能性との、あるいはリアルなものとヴァーチャルなものとのアンサンブルによって実行されていると言えるのではないだろうか。

そして第三は、自己と他者との関係である。

われわれは普段自己からものを見る。それが根源的なことだと感じている。自己実現だとか、個性重視だとか、自由だとか、人権だとか、これらはみな無意識のうちに自己を中心に据えた見方である。今日でも大きな影響力を持つ理論家であるジャン・ピアジェの描く子どもの発達も、自己中心性から脱自己中心性へという方向を辿る。しかし自己の外にある他者の姿あるいは行為は、その全貌が見えるが、自己の姿あるいは行為はごく一部しか見えない。自己にとって自己自身というのは、もっとも見えにくく、わかりにくいものである。ゆえにわれわれは、最初、外に向かって開かれていて、自己に向かって開かれるのはその後ではないだろうか。つまり他者の行為を見た後でなければ、自己の行為を展開できないのではないだろうか。これは、まず他者に同調するという意味ではない。他者の行為を知らなければ、行為の仕方が「技術的に」わからないという意味だ。人間関係もそうだ。自己が他者と交流するそのノウハウをまず獲得する。次に、そのノウハウを自己が自己自身と交流する際に適用する。同様に他者との議論を踏まえて自己との議論を展開する。議論するということは、考えるということとほとんど同じだから、他者との議論を踏まえて自分で考える、ということになる。

それゆえ常識とは逆に、他者から自己へ、外から内へ、あるいは三人称から一人称へという順序が本当なのではないだろうか。ヴィクトール・E・フランクルが言うように、生きる意味をわれわれが人生に問うのではなくて、人生が問うことにわれわれがどう答えるかが本来である。形成の観点から言い換えれば、自己の外に出で立ち、世界に通じる道をたどってのみ自己を形成し得る。こうして真実に至るためには、自己（あるいは内）にではなく、他者（あるいは外）に座標の原点を置く、いわば天動説（自己中心）から地動説（他者中心）へのコペルニクス的転回が必要なのではないだろうか》

シドニー

九月、シドニーに向けて出発した。成田から南半球の当地までは十時間近くかかるが、時差が一時間なので、その点は楽だ。時差が大きいと睡眠のリズムが崩れる。夜、成田を発ち、朝、シドニーのホテルに着いた。同行者は、四月に入職し、まだ半年にしかならないMキャンパスの国際交流課員の十条くんだった。成田を夜に発ち、飛行中は深夜だったこともあって、キャビンの中では、久々に論文を読みも書きもしなかった。

宿泊したのは、T大学の学生がインターンシップを使って働いているホテルだった。昼前に、日本人留学生の現地コーディネーターである森さんに会った。森さんは立川出身でシドニー在住二十八年である。その後、同ホテルの日本人マネージャーにも会った。彼は、ワーキングホリデーを利用してシドニーに来て、その後ずっとシドニーに住んでいるそうだ。シドニーあるいはオーストラリアは、人を引き付ける何かを持っているのだろうと感じた。そして、同ホテルでインターンシップを使って働いている女子学生も加わって懇談した。

昼、私と十条くんと森さんの三人は、森さんの車で海のそばのレストランまで食事をとりに行った。心地よい海風に吹かれて新鮮なシーフードを食べた。帰り道、海がすぐそばに見える小高い丘に立った。そこから見える風景と空気に接した時、日本人がなぜオーストラリアに住み着くのかがわかった気がした。夜は、別の学生のホームステイ先を訪問した。そこではじめて南十字星を見た。幻想的な夜空だった。その時私は、なぜかきらめく星でうめつくされた東北の澄んだ夜空を思い出した。

次の日の朝、タクシーを朝五時に予約していた。予約したのは前々日の夕方である。十条くんがフロントの係の女性に単語を並べただけの英語で予約した。通じたかどうかわからなかったが、女性が頷いたので通じたのだろうと思った。朝、五時前にロビーで十条くんと二人でタクシーを待った。タクシーが時間通りにホテルの前に着いたときはほっとした。十条くんの素朴な英語も大したものだと思った。と同時に、この青年が順調に育ってわが大学を支えるようになるのだと思うと、頼もしく感じられた。その日、別の学生のボランティア先である幼稚園やホームステイ先を訪問した。シドニーは自然が美しく、人も溌溂としていて、魅力的な都市であった。

シドニーでの最後の夜、われわれは森さんと、彼の仕事上のパートナーの若い女性と夕食を共にした。彼らと会話していて、この方たちのお陰でうちの学生たちが大過なく留学できているのだと改めて思った。この時出されたステーキは、ほんの少ししか食べられなかった。体調が悪いという自覚はなかったが、なぜか食欲がなかった。出されたステーキを食べなかったことは生まれてはじめてだった。このことがシドニーにおいて唯一後悔したことだった。

帰国の飛行機の中でも論文を読みも書きもしなかった。査読者はもう私の論文を読み始めているだろうと思うと不安だった。

審査

　帰国して暫くしたら、春日先生が、副査の一人である坂上教授から送られてきたメールを転送してきた。始めにこう書いてあった。

「興味深いテーマに関して、詳細な文献解釈と実証データを駆使した労作であり、基本的に博士の学位を授与するに値するレベルの仕事である」

　私はこの文章を読んで、非常に嬉しかった。私にとって異なる分野の優れた研究者が認めてくれたからである。

　このメールには、さらに修正すべき点として二つがあげられていた。思考の定義を明示すべきという点と、私独自の概念である抽象的運動と環境との相互作用を詳述すべきという点であった。早速、その二点を含めて修正に取り掛かり、それを踏まえた予備審査用のレジュメを大急ぎで作成し、予備審査に臨んだ。

はじめに白山教授が質問した。私が引用していたフランスの心理学者アンリ・ワロンが表象の起源として感情と姿勢の二つをあげていることに関するものだった。

「感情が表象の起源というのはわかるが、姿勢も同じ位置づけであるのがよくわからない。この場合の姿勢というのはどういうことですか?」

答えようとしたら、坂上教授が、

「構えです」

と、私に代わって答えたら、白山教授は、

「それならわかる」

と呟いた。

次の坂上教授の質問は、哲学というより、今日の心理学の議論を踏まえたものであった。なぜこの人は哲学者なのにこんなに心理学に詳しいのだろうかと思うと同時に、坂上教授が私の論文を積極的に評価しているように感じられた。私は坂上教授の質問にきわめて慎重に答えた。すると坂上教授はこう言った。

「論文でも、哲学と心理学における重要な論点を非常に丁寧に述べておられます」

主査の春日先生がいちばん厳しかった。彼は論文の根本的意義について疑問を提起した。従来の発達学説を批判しているが、批判しているのではなく、それに乗っかっているというのが彼の意見だった。私の考えでは、従来の発達学説を継承している部分と、それと決別している部分とがある。その点を繰り返し説明した。私は、この時春日先生と私とが違う学問分野を歩んできたのだという実感をはじめて持った。

副査の二人の教授は、論文が難解だと口を揃えて言った。これに対して春日先生は、論述の順番を途中で変えたことを明らかにした。以前は発達理論の章が最初にあり、最後に構成行為の章があったと春日先生が言うと、二人は、即座に、口を揃えて、その方がわかりやすいと言った。春日先生は、自分が構成行為を最初に持ってくるよう指示したとつけ加えたが、今から順序を変えるのは困難である。そこで坂上教授は、最後の章で全体をもう一度振り返ること、実例を増やすことの二点を提案した。やはり変えるべきではなかったのか、と章立ての順序を変えるべきか否か迷った時のことを思い出した。

　研究室で、春日先生は三人が博士の学位を出す方向で一致したと言った。だが、章の順序を変えなかった方が良かったのかと、私は学位の行く末よりも、そのことが再び気になり始めた。しかし今から順序を変えるのは難しい。結局、疑問を抱きながらも、春日先生と話し合い、坂上教授の提案の通りにすることにした。春日先生は、先に提出してあった私の論文を返した。いつも通り、そこにびっしりコメントが書き込まれていた。私は、それに応えるべく、力を振り絞って修正に取り掛かった。修正は二点である。最後の章で、論文の筋道を簡潔に振り返った上で結論を導くということと、実例を追加するということであった。数日後、春日先生にその修正した論文を見せて、徹底的に説明した。それで良いということになった。だが、彼は私の論文を評価することばをついに一言も発しなかった。不十分な点もあるが、これで博士の学位を得られるだろうと思った。

　しかしその後、文学研究科の哲学専攻の会議において、査読者三人で合否を決めるのではなく、専攻全体で決めるべきだとの意見が出て、急遽、十一月五日に哲学専攻の審査が行われることになった。まだ決まったわけじゃなかったのだとまた不安になった。

哲学専攻の教員は八名である。その八名に論文を送り、審査のためのレジュメを作成して、考えられるあらゆる質問に答えられるように準備した。私がもっとも心配したのは、これが哲学の論文として認められるか否かということであった。私には、専門外の哲学の分野で学位を取ろうとしていることが、時に学問の筋道を逸脱していることのように感じられ、かつ無茶なことのように思えた。しかし、かつて私は心理学や教育学の正規の教育をまったく受けずに心理・教育系の大学院を受験し、合格した。入試科目の一つであったフランス語も、基本的に文法書を使って一人で勉強した。大学院入学後、フランス語の入試の得点が高かったことをある教官に密かに教えてもらった。大学院を受ける時、周りは心配した。受かりっこないと思っている人もいた。だが、第一志望には落ちたが、第二志望には受かった。あの時も不可能を可能にしたじゃないか。

哲学科教員八名のうち六名が審査会に出席した。はじめに論文の短い要約を配布し、それを読み上げた。哲学の分野では、発表の際、説明を加えずに、ただ文章を読み上げることが一つの伝統になっている。

はじめの質問はカントの解釈だった。論文では、カントの主著である『純粋理性批判』の一節を引用していた。経験の背後にある「図式」に関する有名な一節である。私はカントを引用する時、緊張した。二十代のはじめの頃にカントの純粋理性批判を読んだ。理解できなかったが、文章の格調の高さは感じた。意味は解らずに、文章に引かれた。それを今、自分の論文に引用する。私には、それは分不相応のことのように思えた。

「図式は経験の構造だと思いますか？」

「経験の構造であり、想像力の構造だと思います。しかし図式が手続きなのか、手続きの結果なのか、カントの記述では、はっきりしません」

この質問をした教授は、重ねて論文に関して何か気がかりな点があるかどうかを聞いたので、それはこの論文が哲学論文に該当するかどうかという点だと答えたら、

「哲学論文でいいと思います」

と言った。このことばは私に勇気を抱かせた。

「想像は非現実化の機能だとサルトルは言っています。それが現実の思考に関わるというのは、どういうわけでしょうか？」

と、別の教授が聞いた。これについては、論文の記述を繰り返した。

「現実を深く把握するためには、現実から離れる必要があるからです。現実から離れることなくして、現実を正しく理解することはできません」

「運動がイメージを媒介にして思考を形作ると主張していますが、最終段階の思考への飛躍はありませんか？」

と、さらに別の教授が質問した。

「飛躍はあると思います。わたしの主張は、運動が形づくるイメージのうち、高次なものが思考の手段または媒体になるということです。運動に由来するものが思考の構造をも形づくるとは考えていませんし、論文の中でもそう言っていません」

春日先生に、彼の研究室で学科の審査をパスしたと言われた。

「とても分かりやすくなりました」

と言った。はじめて春日先生が私の論文を褒めた。このことは意外であった。なぜなら、先生のコメントの要求を満たしているとはとても思えなかったからである。しかし、最後に春日先生は分かりやすくなったと言った。それは、切羽詰まった私が必死で辿り着いた論述が、期せずして春日先生の学問的要求に応えるものになっていたのだろうか。あるいは異なる山道を登ってきた二人が頂上で出会うように、結果的に両者が同じ地点に到達したということだろうか。とすれば私は、春日先生の教えを踏み外すことなく歩んできたことになる。真相は後になればわかるかもしれない。この結果を受けて、公聴会を開催することとなった。

十一月二十三日から二十五日にかけて、妻と娘の三人で香港に旅行した。この旅行は、最近表情が頓《とみ》に乏しくなり、明るさが失われつつある妻を元気づけるということが目的であった。この旅行中、妻の口数はいつもよりは少なかったが、ガイドブックに従って、三人ともビル群の間を縫ってよく歩いた。

公聴会は、翌年の一月二十二日、Ｍキャンパスで行われることになった。

「高校生にもわかるように」

という、春日先生の方針に従って公聴会用のレジュメを準備した。わかりやすくするために、猫の実験や障害児の教育実践などのイラストを載せた。公聴会の出席者は少なかったが、Ｍキャンパス国際交流課の三田課長と高輪さんが聴きに来た。十条くんも来るはずであったが、風邪を引いて欠勤した。公聴会の始まる少し前に二人にレジュメを渡したら、二人ともさっそく読み始め、難しいと言った。わかりやすく書いたつもりだったので、少し不安になった。三田さんは、公聴会後、

「堂々とした発表でした」

と言い、高輪さんは、

「大学に勤めながら、先生方の研究の話を今までちゃんと聴くことがなかったので、とても新鮮でした」

と言った。この二人が聴きに来てくれて、感想を述べたくれたことをとても嬉しく

感じた。

二月に文学研究科の会議が開かれ、投票の結果、私の博士論文の合格が決定したと聞いた。その後、同僚たちから、

「おめでとうございます」

と、言われた。私はすでに六十七歳になっていた。

シンガポール、ペナン島、および胸腺腫摘出手術

三月七日から十一日までの間、留学先の開拓を目的として、シンガポールとマレーシアのペナン島に出張した。同行者はMキャンパスの三田課長とYキャンパスの千石課員である。七時間ほどかけてシンガポールのチャンギ空港に着いた。時刻は午後五時二十七分だった。日本との時差は一時間である。空港に着いて、到着ロビーに出ると、目の鋭い、坊主頭の若い男がこちらをじろじろ見ていた。彼が仏教の国際布教師で、シンガポールのE寺の高尾上人であった。お坊さんが普段着やスーツを着ていると、その筋の人間と間違われることが多い。仏教の信徒も数人迎えに来てくれていた。高尾上人は、われわれの視察プログラムのほぼすべてに付き添い、信徒の方々も

車で同行し、私たちを手厚くもてなしてくれた。彼らが私たちに同行してくれたのは、想定している留学プログラムが仏教の寺院や信徒の家に住んで英語を学ぶ、「お寺ステイ」だからである。私たちと高尾上人の四人は、アイオン・オーチャード・モールという巨大なショッピング・モールの中のレストランで夕食を共にした。

ホテルは狭かったが綺麗だった。シャワー室が外に面していて、全面が透明なガラス張りで、そこから街が見下ろせるのには驚いた。もちろんシャワーを使う時には、どういう仕組みかは知らないが、ボタン一つで非透明になる。寝る時、灯りを消すスウィッチがどこにあるかわからず、煌々と照らす光の中で朝まで寝た。翌日聞くと、三田さんと千石さんはスウィッチの在り処をちゃんと探り当てていた。やはりおれは要領が悪いなと思った。

翌日、街中のビルのワンフロアにあったE寺を見学した。同ビルの各フロアには、それぞれ別の宗教が入っていた。午後は、ホームステイ先の候補である仏教信徒のお宅を訪問し、夜にはペナン島に向けて出発した。ペナン国際空港までの飛行時間は一時間余りである。

翌朝、ホームステイ先の候補である仏教信徒の会の理事長宅にお邪魔した。その後、N科学大学という学生数二万五千人の国立大学を視察した。われわれのT大学は学生数が一万人余りだから、倍以上の規模である。科学大学という名前だが、総合大学なので語学教育のプログラムも持っており、留学生を受け入れている。T大学からの留学生も受け入れることとなった。その後、もう一つのホームステイ先の候補にお邪魔した。このお宅も仏教信徒のお宅である。

その翌日、ペナン島を離れる日（日曜日）の朝、信徒の会があり、五十人ほどが集まった。彼らが一斉に唱えたお経は音楽的であり、またその姿は壮観であった。信仰が人々の生活や思想の中に生きているという実感を持った。また、高尾上人の英語の法話もわかりやすく、人々の心の中に染みわたっているように感じられた。

私がシンガポール、ペナン島の視察を通じてもっとも深く印象に残ったのは、仏教の信徒のみなさんであった。彼らの日常に、あるいは思想や行動の根底に仏教があり、それは同じく仏教国の国民である日本人から見て、ある意味において手本のように思えた。われわれT大学のスタッフに対する信徒の方々の手厚いもてなしも、深い宗教心から来るように感じられた。

この東南アジアへの出張で、国際交流センター長としての海外出張の任務は終了した。振り返れば、いろいろの国や地域を訪問した。いずれもタイトなスケジュールで訪問するので、体力的にはかなりきつかった。スケジュールだけでなく、行く先々で相当歩き回ったので、その点でも体力を消耗した。若い頃、スポーツをやっていて、かつ体育大学を出ていて、ほんとうに良かったなと思った。体育大学出身者が学問の分野（心理学）に進むことについては訝しがる声も少なからずあったが、そんなことに拘泥する必要はない。ふつうでないこと、常識的でないことに取り組むのを躊躇する必要はない。自分がやりたいと思えば、やればいい。またやってきたことはすべて役に立つ。人生で無駄なことなど一つもない。

私を支えてくれた二つのキャンパスにおける国際交流課の両課長はじめスタッフたちはみな優秀であった。優秀な人たちと一緒に仕事をするのは楽しい。光栄でもある。実際に訪問した国や地域、そしてそこで出会った人々はみな好きになった。

私は、シンガポールとペナン島の視察から帰国した翌日、Y大学病院の呼吸器外科に入院した。胸腺腫を切除するためである。数か月前、B病院における膀胱がんの手術後の定期健診で久し振りにCTを撮った時、胸腺が以前よりも肥大しているとの所見があったので、神保医師が呼吸器外科を受診するように指示した。そこでY大病院の呼吸器外科にかかり、手術した方が良いとの診断が下った。面倒臭いことになったなと思った。シンガポールとペナン島への出張が迫っていたからだ。

「いつお帰りですか」

とY大の医師（教授――手術するか否かを最終的に決める権限を持つ）は聞いた。

「十一日です」

「じゃあ、翌日の十二日入院、十三日手術にしましょう」

「海外から帰ったばかりで疲れていると思うんですが」

「構いません」

こうして、入院と手術の日が決まった。Mキャンパス国際交流課長の三田さんは、帰国日の次の日に入院すると聞いてびっくりしていた。だから私はこう言った。

「おれが決めたんじゃないよ」

私が帰国した日の翌日に入院するという話を三田さんが学長にしたら、学長は絶句して引いたそうだ。それを聞いて、少し恥ずかしくなった。引かれるようなことではなかったからだ。

入院した日の午後、担当医師から手術の詳細を聞いた。悪夢が蘇ったのは、管を尿道に通すと聞いた時だ。その管は、全身麻酔をするために身体の孔から何本か通す管のうちの一つである。まったく予期していなかった。胸の手術をするのになぜ下半身の泌尿器が関係するのか、なぜ全身麻酔のために尿道に管を通すのか。それらについて医師は説明を始めたが、私はあまり聞いていなかった。理由などどうでもよい。ただ尿道に管を通されるのは困る。またあの違和感と苦痛を味わうのかと思うと、絶望的な気持ちになった。ただ医師は、

「泌尿科で使う管よりは細いと思います」

と言った。だがそれは大した違いには思えなかった。

もう一つ心配があった。口から管を通すことだ。意識があるうちはよい。しかし全

身麻酔をされて管を口から出し入れされた場合、前歯のインプラントに接触し、毀損する恐れがある。毀損されたら困る。何百万もするのだ。だから手術室の前で、男性看護師に必死で訴えた。

手術台に横たわって、顔に布をかけられている時に、

「インプラントのこと聞いてる?」

「うん、聞いてるよ」

という会話が聞こえてきたので、あの男性看護師は私の訴えをちゃんと執刀医たちに伝えてくれたんだな、と思った。

手術は、ダヴィンチと呼ばれる手術支援ロボットを左脇から挿入して胸腺を切除するというものだった。ふと眼が覚めた時、

「もう終わりましたよ」

と、看護師に言われるまで、手術が終わったとは思わなかった。すぐに、舌でインプラントの上顎前歯を探るように触ってみた。変化はなかったので、安心した。しかし右の鼻の穴が痛かった。寝たまま看護師にそう言ったら、彼女は管を通したままに

なっていると言った。なぜそうしているのか彼女は説明を始めた。

「全身麻酔をしたので――」

私は痛くて彼女の説明を聞いていなかった。全身麻酔というのはそんなに大変なことなのかと改めて思った。しかし、今日の夕方には取れるだろうと言ったので少し安心した。手術時からずっと病院にいた妻と息子の嫁が夕方になって帰った後、鼻の管は抜かれたが、抜かれても、すぐにはすっきりしなかった。まだ鼻の穴に管が入っている感じが残り、漸く夜に至って、鼻の穴の苦痛は収まった。

まだ尿道に管が刺さっているはずであるのを思い出した。だが、その違和感は膀胱がんの時のそれとは大きく異なっていた。耐え難いほどの疼痛はなかった。管の口径は感じ方に大きな影響を及ぼすのだと、この時わかった。

それより胸の傷口が痛かった。仰向けになっている身体を少しでも動かすと痛んだ。夜遅く、娘が見舞いに来たのでテレビの位置を見やすいように変えてもらったが、そこに顔を向けようとすると痛んだ。だからテレビも見られない。しかし次の日の朝になると、嘘のように痛みが引いた。その次の日、尿道に刺さっていた管をはじめとして、身体のあちこちに装着されていた医療器具が外され、身一つで自由に歩けるようになった。

退院後に聞いたところによれば、切除した胸腺は脂肪と水のみで、悪性の組織はなかった。私はこの時、取らなくても良かったのではないかと思った。四日で退院できたので、手術や入院は大したことではなかったが、免疫にかかわる器官である胸腺を取って大丈夫なのかという思いが残った。

私が入院中、大学では学位記授与式が行われていた。入院していなければ、私も出席しているはずだった。出席していたら、アカデミック・ガウンを着用し、呼ばれたら壇上に昇って、角帽を被せてもらい、学位記を受け取る。そうしないで済んだことを私は喜んでいた。なぜなら、その儀式が行われれば、壇上でお辞儀をする際に角帽が落ちてしまわないかなどという心配をしなければならないからであり、またこの年になって博士の学位を得ることが、少し恥ずかしかったからでもある。

論文の実質的な審査は哲学専攻で行われたが、哲学専攻は文学研究科に属し、かつT大学では文学の学位しか授与されないので、取得する学位の種類は文学博士ということになった。こうして私は六十代後半にして文学博士の学位を取得することができた。博士論文における研究テーマは私が若い頃から抱き続けていたものである。それに対する解答をこの年になって与える、それは長年の借りを返すようなものである。返せて本当によかった。心から安堵した。シェイクスピアも言っている。終わりよければすべてよし、と。

膀胱がんに罹患してからこれまでを振り返って、学位取得に深く関わったと思われることは、次の四つである。すなわち、

一、禁煙、歯のインプラント治療、膀胱がん、そして耳鳴りによる不安や苦痛と闘ったこと（それによって、心身のパワーが増大した）、

二、間違って日本哲学会に入ったこと、

三、偶然春日先生という素晴らしい研究者に出会ったこと、

四、論文執筆時は、数か月に一回のペースで海外出張（間を縫うようにして国内旅行にも数回行った）に行っていた、大学教員生活におけるもっとも忙しい時期だった

こと、
である。

したがって私の博士号の取得は、不安や苦痛との闘いと、間違いと、偶然と、多忙の所産であった。

（了）

博士への道

2023年８月15日　初版第１刷発行

著　者　葉月 朔日
発行者　瓜谷 綱延
発行所　株式会社文芸社
〒160-0022　東京都新宿区新宿１－10－１
電話　03-5369-3060（代表）
03-5369-2299（販売）

印刷所　図書印刷株式会社

ISBN978-4-286-24259-0